Deseo

FALSA PROPOSICIÓN

HEIDI RICE

HARLEQUIN

Editado por HARLEQUIN IBÉRICA, S.A.
Núñez de Balboa, 56
28001 Madrid

© 2008 Heidi Rice
© 2014 Harlequin Ibérica, S.A.
Falsa proposición, n.º 1966 - 5.3.14
Título original: Pleasure, Pregnancy and a Proposition
Publicada originalmente por Mills & Boon®, Ltd., Londres.

I.S.B.N.: 978-84-687-3973-1
Depósito legal: M-35000-2013
Editor responsable: Luis Pugni
Fotomecánica: M.T. Color & Diseño, S.L. Las Rozas (Madrid)
Impresión en Black print CPI (Barcelona)
Fecha impresion para Argentina: 1.9.14
Distribuidor exclusivo para España: LOGISTA
Distribuidor para México: CODIPLYRSA
Distribuidores para Argentina: interior, BERTRAN, S.A.C. Vélez
Sársfield, 1950. Cap. Fed./ Buenos Aires y Gran Buenos Aires,
VACCARO SÁNCHEZ y Cía, S.A.

Capítulo Uno

–Rápido, Lou, bombonazo a tu derecha.

Louisa di Marco dejó de teclear al escuchar el urgente susurro de la ayudante de redacción, Tracy.

–Tengo que terminar esto, Trace –murmuró–. Y yo me tomo mi trabajo muy en serio.

Ella era una profesional, una de las redactoras de la revista *Bush* más populares y respetadas entre sus colegas. Pero el artículo sobre los pros y los contras de las operaciones de aumento de pecho estaba dándole quebraderos de cabeza. ¿Cuáles eran los pros? Así que no iba a distraerse porque un tipo guapo hubiese entrado en la oficina.

–Estoy hablando de un ejemplar fabuloso –insistió Tracy–. No te lo pierdas, de verdad.

Louisa siguió tecleando sin hacerle caso hasta que, por fin, se decidió a mirar.

–Espero que sea algo bueno de verdad.

Louisa giró la cabeza sin esperar demasiado porque los gustos de Tracy no solían coincidir con los suyos. Pero el tipo, por feo que fuera, no podría provocarle tantas náuseas como las fotos que llevaba toda el día mirando.

–¿Dónde está ese adonis?

–Ahí –Tracy señaló hacia el fondo de la oficina–. El tipo que está hablando con Piers –añadió, con tono reverente–. ¿No es para morirse?

Louisa esbozó una sonrisa. Le gustaba saber que no era la única demente en la oficina.

Detrás de las demás redactoras, todas tecleando como locas el último viernes antes de galeradas, vio a dos hombres de espaldas, frente al mostrador de recepción… y tuvo que contenerse para no lanzar un silbido.

Tracy no solo la había sorprendido, la había dejado atónita. Ni siquiera podía ponerle una pega, al menos desde aquel ángulo. Alto, de hombros anchos, con un traje de chaqueta azul marino que parecía hecho a medida, Adonis hacía que el editor, Piers Parker, que medía al menos metro ochenta, pareciese un enano.

–¿Qué te parece? –preguntó Tracy, impaciente.

Louisa inclinó a un lado la cabeza. Incluso a veinte metros de distancia, el hombre merecía un suspiro de admiración.

–Desde luego, tiene un trasero estupendo, pero debo verle la cara antes de emitir un juicio. Como sabes, nadie entra en la categoría de bombón a menos que haya pasado el test de la cara.

Erguido, con las piernas separadas, Adonis eligió ese momento para meter las manos en los bolsillos del pantalón. Su expresión corporal denotaba enfado, pero a Louisa le daba igual porque, al hacerlo, había levantado la chaqueta, dejando claro que no estaba equivocada: tenía un trasero de escándalo. Si se diera la vuelta…

Louisa se llevó el bolígrafo a los labios, esperando. Aquello era mucho mejor que los implantes de silicona.

El ruido de la oficina y las conversaciones empezaron a disminuir a medida que las mujeres se fijaban en el recién llegado. Louisa casi pudo escuchar un suspiro colectivo.

–A lo mejor es el nuevo ayudante de redacción –dijo Tracy, esperanzada.

–Lo dudo. Lleva un traje de Armani y Piers prácticamente está haciendo genuflexiones. Y eso significa que, o Adonis es del consejo de administración, o es un jugador del Arsenal.

Aunque con ese cuerpo tan atlético no le sorprendería que fuese deportista, Louisa estaba segura de que un futbolista no tendría ese aire tan sofisticado.

Casi tenía que contener el aliento. Había pasado tanto tiempo desde que sintió el deseo de flirtear con un hombre que casi no reconocía la sensación. ¿Cuánto tiempo había pasado desde que se emocionó al ver a un hombre guapo? En su mente se formó una imagen que descartó de inmediato.

«No vayas por ahí».

Pero ella sabía que había sido tres meses antes. Doce semanas, cuatro días y… dieciséis horas para ser exactos.

Luke Devereaux, el guapísimo, encantador lord Berwick, que en realidad era una cobra venenosa, ya no le afectaba en absoluto.

Piers se volvió para señalarla a ella. Qué raro,

pensó. Adonis se volvió también y cuando un par de penetrantes ojos grises se clavaron en su rostro, Louisa se quedó sin respiración.

El corazón le latía como una apisonadora, la sangre se le subió a la cara y el vello de la nuca se le erizó. Y entonces, el recuerdo que había intentado suprimir los últimos tres meses la golpeó como una bofetada: unos dedos acariciándola, unos labios insistentes sobre el pulso que le latía en el cuello, ola tras ola de un orgasmo eterno sacudiéndola hasta lo más profundo…

Louisa experimentó una mezcla de nervios, furia y náuseas.

¿Qué estaba haciendo allí?

No era Adonis. El hombre que se acercaba a ella era el demonio reencarnado.

–Viene hacia aquí –anunció Tracy–. Ay, Dios mío, ¿no es el aristócrata ese… como se llame? Ya sabes, el que salió en la lista de los británicos más deseados. Tal vez haya venido a darte las gracias.

Para nada, pensó Louisa amargamente. Ya se había vengado de eso tres meses antes.

Nerviosa, irguió los hombros y cruzó las piernas, el tacón de su bota golpeó la silla como la ráfaga de una ametralladora.

Si había ido para volver a intentar algo con ella lo tenía claro.

Se había aprovechado de su confiada naturaleza, de su innato deseo de flirtear y de la incendiaria atracción que había entre ellos, pero no volvería a pillarla desprevenida.

***

Luke Devereaux recorrió en un par de zancadas el espacio que lo separaba de ella. Apenas se fijó en el editor que le pisaba los talones o en el mar de ojos femeninos clavados en él. Toda su atención, toda su irritación, concentrada en una mujer en particular. Que estuviese tan guapa como la recordaba, el brillante pelo rubio enmarcando un rostro angelical, el fabuloso escote acentuado por un vestido ajustado de estampado llamativo y unas piernas interminables, lo obligó a hacer un esfuerzo para mantener la calma.

Las apariencias podían ser engañosas.

Aquella mujer no era ningún ángel y lo que planeaba hacerle era lo peor que una mujer podía hacerle a un hombre.

Debía reconocer que las cosas se les habían ido de las manos tres meses antes y la culpa, en parte, había sido suya. El plan había sido darle una lección sobre la obligación de respetar la privacidad de la gente, no aprovecharse de ella como había hecho.

Pero ella también tenía parte de culpa. Nunca había conocido a nadie tan impulsivo en toda su vida. Y él no era un santo. Cuando una mujer tenía ese aspecto, sabía como ella y olía como ella, ¿qué podía hacer un hombre?

No podía imaginar a ninguno pensando con claridad en esas circunstancias. ¿Cómo iba a saber que no tenía tanta experiencia como había pensado?

Una cosa era segura: estaba harto de sentirse culpable.

Después de hablar con un amigo mutuo, Jack Devlin, el día anterior, el sentimiento de culpa y los remordimientos habían dado paso a una tremenda furia.

Ya no se trataba solo de los dos; una vida inocente estaba involucrada y él haría lo tuviese que hacer para protegerla. Y cuanto antes se diese cuenta ella, mejor.

Louisa di Marco estaba a punto de descubrir que nadie podía reírse de Luke Devereaux.

¿Qué le había dicho el difunto lord Berwick en su primer y único encuentro años antes?

«Lo que no te mata te hace más fuerte».

Él había aprendido esa lección cuando tenía siete años. Asustado y solo, en un mundo que no conocía ni entendía, había tenido que volverse duro. Y era hora de que la señorita Di Marco aprendiese la misma lección.

Cuando llegó frente al escritorio de Louisa vio un brillo de furia en sus preciosos ojos castaños, las mejillas ardiendo de rabia y la elegante barbilla levantada en gesto de desafío. Y, de repente, se imaginó a sí mismo enredando los dedos en ese pelo y besándola hasta que la tuviese rendida…

Para contener el deseo de hacerlo tuvo que meter las manos en los bolsillos del pantalón, mirándola con la expresión que solía usar para asustar a sus rivales en los negocios.

Louisa, sin embargo, ni parpadeó siquiera.

Mirándola, experimentaba la misma descarga de adrenalina que solía asociar con algún reto profesional, pero enseñarle a aquella mujer a hacer frente a sus responsabilidades sería más placentero que problemático. Y ya estaba anticipando la primera lección: obligarla a contarle lo que debería haberle contado meses antes.

–Señorita Di Marco, quiero hablar con usted.

Louisa pasó por alto el suspiro de Tracy para mirar a aquel demonio a los ojos.

–Perdone, ¿con quién estoy hablando? –le preguntó, como si no lo supiera.

–Es Luke Devereaux, el nuevo lord Berwick –anunció Piers, como si estuviera presentando al rey del universo–. ¿No te acuerdas? Apareció en el artículo de los solteros más cotizados del país. Es el nuevo propietario de…

Luke Devereaux lo interrumpió con un gesto.

–Con Devereaux es suficiente. No uso el título –anunció, sin dejar de mirar a Louisa. Su voz era tan ronca y grave como ella la recordaba.

Pensar que una vez esa mirada de acero le había parecido sexy…

Esa noche, alguien debía haberle echado Viagra en la copa. Su voz no era atractiva sino helada; y los ojos azul grisáceo eran fríos, no enigmáticos.

Y todo eso explicaba por qué tenía que contener un escalofrío a mediados del mes de agosto.

–Seguro que su vida es fascinante, pero me

temo que estoy muy ocupada ahora mismo. Y solo publicamos el artículo de los solteros más deseados una vez al año. Vuelva el año que viene y lo entrevistaré para ver si pasa el corte.

Louisa se felicitó a sí misma por el insulto, totalmente deliberado.

Ella sabía que Luke detestaba haber aparecido en esa lista, pero no obtuvo la satisfacción que había esperado porque, en lugar de parecer molesto, siguió mirándola sin decir nada. No reconoció el golpe ni con un parpadeo.

De repente, apoyó las manos en el escritorio y se inclinó hacia ella, el aroma de su colonia, algo masculino y exclusivo, haciendo que golpease la silla con el tacón a toda velocidad.

–¿Quiere que hablemos en público? Me parece bien –le dijo, en voz tan baja que tuvo que aguzar el oído–. Pero yo no soy quien trabaja aquí.

Louisa no sabía de qué quería hablar o por qué estaba allí, pero sospechaba que la discusión era de índole personal. Y aunque no quería verlo ni en pintura, tampoco quería que la humillase públicamente.

–Muy bien, señor Devereaux –murmuró, apagando el ordenador–, tengo diez minutos para entrevistarlo. Podría hablar con la jefa de redacción, tal vez ella esté dispuesta a incluirlo en el número del mes que viene. Evidentemente, está deseando que su rostro aparezca en la revista.

Él se apartó de la mesa, apretando los dientes. Ah, en aquella ocasión había dado en la diana.

–Muy amable por su parte, señorita Di Marco. Créame, no va a perder su tiempo.

Louisa se volvió hacia Tracy, que parecía estar imitando a un pez.

–Terminaré el artículo más tarde. Dile a Pam que lo tendré a las cinco.

–No volverá aquí por la tarde –anunció Devereaux entonces.

Louisa iba a corregirlo cuando Piers la interrumpió:

–El señor Devereaux ha pedido que te demos el resto del día libre y yo lo he aprobado.

–Pero tengo que terminar el artículo –protestó ella, atónita.

Piers, que solía ser un nazi con las fechas de entrega, se encogió de hombros.

–Pam va a incluir un par de páginas más de publicidad, así que tu artículo puede esperar hasta el mes que viene. Si el señor Devereaux te necesita hoy, tendremos que acomodarnos.

¿Qué? ¿Desde cuándo la editora de la revista *Blush* aceptaba órdenes de un matón, por muy aristócrata que fuese?

Devereaux, que había estado escuchando la conversación con aparente indiferencia, tomó su bolso del escritorio.

–¿Es suyo? –le preguntó, impaciente.

–Sí –respondió Louisa, desorientada.

¿Qué estaba pasando allí?

–Vamos –dijo él, tomándola del brazo.

Aquello no podía estar pasando. Louisa quería

11

decirle que dejase de actuar como Atila, pero todo el mundo estaba mirando y preferiría morir antes que hacer una escena delante de sus colegas. De modo que se vio obligada a salir con él y bajar la escalera como una niña obediente, pero cuando llegaron a la calle se soltó de un tirón, a punto de estallar.

–¿Cómo te atreves? ¿Quién crees que eres?

Devereaux abrió la puerta de un deportivo oscuro aparcado frente a la oficina y tiró su bolso sobre el asiento.

–Sube al coche.

–De eso nada.

¡Qué descaro! La trataba como si fuera una de sus empleadas. Pues de eso nada. Piers podía obedecer sus órdenes, pero ella no pensaba hacerlo.

Cuando cruzó los brazos sobre el pecho, decidida a no dar un paso, él enarcó una ceja.

–Sube al coche –repitió, con voz helada–. Si no lo haces, te meteré a la fuerza.

–No te atreverías.

Apenas había terminado la frase cuando Luke la tomó en brazos y la tiró sobre el asiento como si fuera un saco de patatas.

Louisa se quedó tan sorprendida que tardó un segundo en reaccionar; segundo que él aprovechó para subir al coche y arrancar a toda velocidad.

–Ponte el cinturón de seguridad.

–Déjame salir. ¡Esto es un secuestro! –exclamó ella, furiosa.

Sujetando el volante con una mano, Luke abrió la guantera para sacar unas gafas de sol.

–No te pongas tan melodramática.

–Melo… ¡pero bueno! –exclamó Louisa. Solo su padre la había tratado de ese modo, pero le había parado los pies cuando era adolescente–. ¿Cómo te atreves?

Luke detuvo el coche en un semáforo y se volvió hacia ella con una sonrisa en los labios.

–Creo haber dejado claro que sí me atrevo. Podemos seguir peleándonos, aunque no vas a conseguir nada –afirmó, con total seguridad–, o puedes hacer lo que te digo y salvar tu preciosa dignidad.

Antes de que se le ocurriera una réplica adecuada, él volvió a arrancar.

Demonios, había perdido la oportunidad de saltar del coche.

–Ponte el cinturón de seguridad –repitió Luke.

A regañadientes, Louisa se lo puso. No estaba tan loca como para tirarse del coche en marcha, pero tendría que parar tarde o temprano, y entonces le diría lo que pensaba. Hasta ese momento, lo mejor sería no decir una palabra.

Ese plan funcionó durante cinco minutos, porque cuando cruzaron Euston Road la curiosidad pudo más que ella.

–¿Se puede saber dónde vamos? Si yo, pobrecita de mí, puedo preguntar.

Luke esbozó una sonrisa burlona.

–¿Pobrecita? ¿Tú?

Louisa no dignificó la pregunta con una respuesta.

–Tengo derecho a saber dónde me llevas.

13

Él giró en una calle estrecha y aparcó frente a un edificio de seis plantas. Quitó la llave del contacto y, apoyando el brazo en el volante, se volvió para mirarla. Sus hombros parecían anchísimos bajo la chaqueta de lino, e intimidada a pesar de todo, Louisa tuvo que hacer un esfuerzo para no encogerse.

–Ya hemos llegado. La cita es en… –Luke miró su reloj– diez minutos –anunció, como si eso lo explicase todo.

Ella miró por la ventanilla.

–¿Qué hacemos en la calle Harley?

En el portal del edificio frente al que había parado había una placa con el nombre de una clínica. ¿Por qué la había llevado allí?

Luke se quitó las gafas de sol y las tiró sobre el asiento trasero.

–Respóndeme a una pregunta –le dijo, con voz tensa–: ¿Pensabas contármelo?

–¿Contarte qué?

¿Por qué la miraba como si la hubiese pillado intentando robar las joyas de la corona?

Luke Devereaux clavó en ella sus ojos grises, más fríos que nunca.

–Lo de mi hijo.

Capítulo Dos

–¿Tu qué? ¿Qué hijo? –exclamó Louisa–. ¿Te has vuelto loco?

Intentó abrir la puerta, decidida a salir del coche, pero él la sujetó por la muñeca.

–No te hagas la inocente, sé lo del embarazo. Sé lo de tus cambios de humor, el supuesto virus estomacal que tuviste hace poco y que no has tenido la regla en varios meses –Luke miró sus pechos–. Y hay otras señales que puedo ver por mí mismo.

Louisa tiró de su mano.

–¿Qué has estado haciendo, espiándome?

–Me lo ha dicho Jack.

–¿Jack Devlin te ha dicho que estoy embarazada? –gritó Louisa. Le daba igual que la oyese toda la calle.

Que mencionase al marido de su mejor amiga, Mel, era la gota que colmaba el vaso. Había olvidado que Jack y Luke eran colegas de squash. Así era como se habían conocido, en una cena en casa de Mel. Y Jack le había dicho que estaba embarazada... la próxima vez que le viera tendría que matarlo.

–No directamente –dijo Luke entonces–. Estábamos hablando del embarazo de Mel y te mencionó a ti. Por lo visto, Mel cree que estás embarazada, pero lo guardas en secreto por alguna razón.

Muy bien, entonces tendría que matar también a Mel.

–Por favor, dime que no le has hablado a Jack de nosotros.

El encuentro con Luke Devereaux fue tan humillante que no se lo había contado a nadie. Ni siquiera a Mel, a quien normalmente se lo contaba todo.

¿Pero cómo iba a contarle a su mejor amiga que se había acostado con un hombre en la primera cita, que había descubierto lo asombroso que podía ser el sexo, que durante diez minutos se había engañado a sí misma pensando que había encontrado el amor… para luego llevarse la mayor desilusión de su vida?

¿Cómo iba a decirle que ese hombre era un canalla, que no era el tipo sexy, divertido y encantador que fingía ser sino un frío y manipulador miembro de la aristocracia que la había seducido como venganza por escribir un artículo sobre él que no le había gustado?

La palabra «humillación» no explicaba lo que Louisa había sentido.

–No le ha hablado a Jack de nosotros. Estaba más interesado en saber lo que él tenía que decir de ti.

De repente, harta de él y de su actitud, Louisa supo que tenía que irse de allí lo antes posible.

–No estoy embarazada. Y ahora, después de haber mantenido esta estúpida conversación, vuelvo a mi trabajo.

Pero cuando iba a abrir la puerta del coche, de nuevo Luke le sujetó la muñeca.

—Suéltame.

—¿Cuánto tuviste la última regla?

—No voy a responder a eso.

—No vas a ir a ningún sitio hasta que lo hagas —dijo él, con firmeza.

Aquello era más que ridículo. ¿Por qué estaban discutiendo?

Apoyando la cabeza en el respaldo del asiento, Louisa cerró los ojos. Debía convencerlo de que no estaba embarazada para no volver a verlo nunca más.

Intentó recordar cuándo había tenido la última regla... pero no lo recordaba. En fin, sus reglas siempre habían sido irregulares, no tenía la menor importancia.

Además, había tenido una desde que estuvieron juntos y se había hecho una prueba de embarazo. No era tan tonta.

—Me hice una prueba de embarazo y dio negativa.

Para su sorpresa, en lugar de parecer arrepentido, Devereaux enarcó una ceja.

—¿Cuándo te la hiciste?

—No lo sé, unos días después.

—¿Te molestaste en leer las instrucciones correctamente?

Louisa torció el gesto.

–Lo suficiente como para saber que el resultado era negativo –respondió, irritada.

–Ya me lo imaginaba.

–No me hables como si fuera tonta. Me hice la prueba y dio negativo. Además, después de esa noche tuve la regla –Louisa se puso colorada. ¿Por qué le estaba hablando de su ciclo menstrual a aquel bárbaro?–. A ver si te enteras: no hay ningún hijo.

Él le soltó la muñeca para mirar el reloj.

–Tenemos cita con una de los mejores ginecólogas del país. Ella te hará una prueba de embarazo.

–¿Pero quién crees que eres?

–Posiblemente, el padre de tu hijo –respondió Luke, sin parpadear–. El preservativo se rompió, Louisa, tú lo sabes.

–¿Y qué?

–No has tenido la regla en los últimos meses, has sufrido mareos por las mañanas y tus pechos parecen más grandes, así que vas a hacerte una prueba de embarazo. Una prueba de verdad.

Louisa miró sus pechos, sorprendida. ¿Desde cuándo eran más grandes?

–No estoy embarazada y aunque lo estuviera… ¿por qué crees que tú serías el padre? Podría haberme acostado con otro hombre después de ti. O con cuarenta.

–Sí, pero no lo has hecho –respondió él, tan arrogante que Louisa tuvo que contenerse para no darle una bofetada.

18

El ego de aquel hombre no tenía límites.

–Ah, ya veo. Crees que eres tan memorable que ya no puede gustarme ningún otro hombre, ¿no? Pues te equivocas.

–Deja de fingir algo que no eres. Supe que el flirteo era falso en cuanto estuve dentro de ti.

Louisa, avergonzada, hizo un esfuerzo para mirarle la entrepierna con gesto de desprecio.

–Ah, ya, entonces es que tienes un radar ahí, ¿no?

Él sacudió la cabeza, riendo.

–Ojalá fuera así. De haber sabido que eras tan inocente no me habría acostado contigo.

–Ah, qué noble por tu parte. Pues no te sientas culpable, no era virgen.

–No, pero prácticamente –Luke exhaló un suspiro–. Siento lo que pasó esa noche, pensé que tenías más experiencia. No quería hacerte daño, de verdad.

Sí querías, pensó ella. Pero no lo dijo en voz alta. Que supiese lo vulnerable que era sería aún más humillante.

–Sí, bueno, esta conversación es muy interesante, pero la realidad es que no hay nada que discutir.

–Decidiremos eso cuando te hayas hecho la prueba de embarazo.

Louisa podría haber protestado, y seguramente debería haberlo hecho, pero de repente estaba agotada. Solo quería terminar con aquello lo antes posible para no volver a verlo.

Y si para eso tenía que hacerse una prueba de embarazo, se la haría.

Pero ya estaba ensayando lo que iba a decirle cuando el resultado de la prueba fuese negativo.

–Enhorabuena, señorita Di Marco, está usted embarazada.

El corazón de Louisa empezó a latir con tal violencia que pensó que estaba sufriendo un infarto.

No podía haber oído bien.

–Perdone, ¿qué ha dicho? –su voz sonaba débil y lejana.

–Está esperando un hijo, querida –la doctora Lester volvió a mirar el resultado de la prueba, que había recibido del laboratorio hacía diez minutos–. De hecho, es un resultado muy fiable. Por el nivel de hormonas, yo diría que está embarazada de tres meses. O eso, o está esperando mellizos.

Louisa tuvo que agarrarse a los brazos de la silla para no caer al suelo.

–¿Podría decirnos la fecha aproximada del parto? –preguntó Devereaux, a su lado.

Louisa lo miró, perpleja. Había olvidado que estaba allí. No había puesto pegas cuando quiso entrar con ella para saber el resultado porque creía que el resultado iba a ser otro.

Aquel debería ser el momento en el que le mandaba al infierno, pero él no parecía satisfecho o particularmente contento por su victoria sino tranquilo, sereno.

–¿Qué tal si hacemos una ecografía? –sugirió la doctora–. Así podremos comprobar cómo va el desarrollo del feto y dar una fecha más exacta.

–No diga tonterías, no hay ningún feto. Tiene que ser un error, no estoy embarazada. Me hice la prueba yo misma en casa y tuve la regla después. Además, no… –Louisa no terminó la frase, avergonzada. Pero daba igual lo que Devereaux supiera sobre su vida sexual o falta de ella– no he estado con nadie desde entonces.

La doctora Lester juntó los dedos.

–¿Qué clase de prueba se hizo?

–No recuerdo la marca, pero la compré en una farmacia.

–¿Y cuándo se la hizo?

–Una semana después… de nuestro encuentro –Louisa se aclaró la garganta.

–Algunas pruebas de embarazo son fiables, otras no tanto, depende de la marca. Y pueden dar un falso negativo si se hacen demasiado pronto. ¿Tuvo la regla después de eso?

–Sí.

–¿Una regla normal o más ligera?

–Más ligera.

–¿Cuántos días después del coito?

–Una semana o así.

–Entonces no era una regla, señorita Di Marco. Estaba manchando, es algo habitual mientras el feto se implanta en el útero.

–Pero yo pensé que solo podías quedar embarazada durante el período de ovulación.

Otra de las razones por las que había estado convencida de que no habría ningún problema.

—El embarazo puede ocurrir en cualquier momento, especialmente cuando se trata de parejas jóvenes o excepcionalmente fértiles.

—¿Ese manchado podría afectar al bebé? —preguntó Devereaux.

Louisa miraba a la doctora, decidida a ignorarlo. La situación era surrealista, como si hubiera salido de su cuerpo y estuviera viéndolo todo desde fuera. ¿Cómo podía estar embarazada de aquel hombre? Ella, que no había querido pensar en la posibilidad de tener hijos por el momento. Solo tenía veintiséis años y había trabajado mucho para llegar donde estaba. Se había matado a estudiar en la universidad, había hecho de todo para pagar sus estudios, incluso turnos de noche y dobles turnos en London Nights para hacerse un hueco en el mundo del periodismo local, hasta que por fin se había establecido como redactora en *Blush*.

Estaba orgullosa de lo que había conseguido. *Blush* era una buena revista que no solo publicaba artículos superficiales sino también sobre todo lo que significaba la experiencia femenina.

Y, de repente, todo eso estaba en peligro porque había cometido un error. Se había acostado con un hombre al que no le importaba un bledo y quien, además, parecía tener el esperma de un semental.

—No se preocupe por el manchado, lord Berwick —dijo la doctora, con tono indulgente—. Estoy segura de que el feto está bien. Como he dicho, la prueba demuestra que está firmemente establecido en el útero, pero una ecografía haría que se sintieran más tranquilos –luego sonrió a Louisa, que aún estaba intentando procesar toda aquella información–. ¿Por qué no viene conmigo a la sala de ecografías, señorita Di Marco?

Louisa miró de soslayo a Devereaux, que estaba observándola con gesto serio.

No solo el esperma de un semental sino la cabezonería de un mulo.

Suspirando, Louisa soltó los brazos de la silla.

–Muy bien.

Entró en la sala con las piernas temblorosas. Tal vez aún había alguna posibilidad de que todo fuese un error y, cuando la doctora hiciese la ecografía, vería que no había bebé alguno.

–Ahí está la cabeza y la espina dorsal –empezó a decir la doctora Lester, señalando la pantalla.

–Es increíble –murmuró Devereaux–. Se ve tan claro.

–Tenemos el mejor equipo de ultrasonido, estamos muy orgullosos.

Louisa estaba transfigurada. El frío gel sobre su abdomen, la presión de la sonda, incluso los rápidos latidos del corazón del bebé, todo eso desapareció mientras miraba la cabecita, los brazos… el cuerpo ya formado de un ser diminuto.

De repente, se le hizo un nudo en la garganta.

La doctora pulsó unos botones y, como por arte de magia, el rostro del bebé apareció en la pantalla. Tenía los ojos cerrados, un puñito le cubría la nariz y la boca…

–¿Qué está haciendo? –Louisa escuchó su propia voz como si llegase de muy lejos.

–Creo que se está chupando el dedo –respondió la doctora.

Los ojos se le llenaron de lágrimas e intentó parpadear para contenerlas. Desde que supo que estaba embarazada solo había pensado en sí misma, en cómo iba a afectarle la situación, cuando había algo más importante en juego: su hijo.

El bebé no le había parecido real hasta ese momento, pero lo era. Fueran cuales fueran sus problemas con Devereaux, por mucho que aquel embarazo fuese a cambiar su vida, jamás lamentaría el milagro que crecía dentro de ella.

Pero iba a traer al mundo a un bebé sin ninguna de las cosas que había dado por sentado: una familia, un hogar estable…

Louisa dejó escapar un suspiro. Si pudiese hablar con su madre un momento, solo una vez más. El eco de un dolor que no olvidaría nunca hizo que las lágrimas le rodasen por el rostro, pero cuando levantó la mano para apartarlas, otra mano, más grande, le sujetó la muñeca.

Devereaux, mirándola con una expresión indescifrable, se sacó un pañuelo del bolsillo y, después de secar sus lágrimas, se lo puso en la mano.

–¿Estás bien?

No, pensó ella, pero se sonó la nariz, enterrando la cara en el pañuelo al mismo tiempo. Lo último que necesitaba era que se mostrase amable.

–Sí, claro –respondió en cuanto pudo hablar, intentando parecer serena cuando tenía el corazón encogido.

Él se quedó mirándola un momento con esos ojos de acero y luego se volvió hacia la doctora.

–¿Está todo bien?

–Muy bien. Yo diría que el feto es un poco largo para la fecha que me han dado. ¿Puedo preguntarle cuánto mide, lord Berwick?

–Llámeme Luke –dijo él–. Mido un metro noventa.

–Ah, bueno, eso lo explica –la doctora tomó un pañuelo de papel para limpiarle el gel del abdomen–. Mientras la señorita Di Marco esté segura de que no puede haber concebido una semana antes...

Tendría que ser tres años antes, pensó Louisa.

–No, fue entonces –dijo Devereaux, antes de que ella pudiese responder–. Fue concebido el día vienticinco de mayo.

Louisa apretó los labios, airada. Le gustaría decirle dónde podía meterse sus conclusiones, pero no podía hacerlo porque, desgraciadamente, tenía razón. El precioso ser humano que habían visto en la pantalla era su hijo.

Mientras la doctora empezaba a hablar de fechas, escalas de crecimiento y vitaminas prenatales, Louisa vio que las atractivas facciones de Devereaux se iluminaban cada vez que miraba a su hijo en la pantalla.

Louisa suspiró. El bebé que crecía dentro de ella significaba que, hiciera lo que hiciera, siempre tendría una conexión con aquel hombre dominante, implacable, que tanto daño le había hecho. Un hombre que la había engañado, haciéndole creer que era el hombre de sus sueños, para luego reírse de ella.

¿Qué clase de padre iba a darle a su hijo?

De nuevo, se le hizo un nudo en la garganta. No podía pensar en eso en aquel momento. Era demasiado pronto para preocuparse por ello, de modo que hizo un esfuerzo para tranquilizarse.

Qué ironía, pensó, que el momento más increíble y asombroso de su vida hubiera resultado ser el más devastador. Entendía lo que David debió sentir mientras apuntaba a Goliat con su pequeña honda.

Capítulo Tres

Luke giró en Regent's Park y miró a la mujer que iba sentada a su lado, en silencio, mirando por la ventanilla. Solo un pómulo era visible bajo la cortina de pelo dorado, como un halo alrededor de su cabeza. Apenas había dicho dos palabras desde que salieron de la clínica.

Y empezaba a preocuparlo.

Por su corta relación con Louisa di Marco, sabía que no era una persona silenciosa. En su única cita se había sentido cautivado por su personalidad, su sentido del humor y su incesante charla.

Por supuesto, también había visto otra faceta de su personalidad... su lengua afilada cuando le dijo quién era, por ejemplo. Pero prefería esa lengua afilada a aquel opresivo silencio.

Mientras atravesaban la majestuosa avenida flanqueada por robles y arces, Luke pensó que tal vez el silencio era una bendición. Necesitaba ordenar sus pensamientos, analizar la situación, pensar bien en lo que iba a hacer.

No se le había ocurrido que Louisa no supiera que estaba esperando un hijo. ¿No se suponía que las mujeres tenían un sexto sentido para esas cosas?

Pero era evidente que ella no tenía ni idea. Tumbada en la camilla de la clínica, tan vulnerable bajo la bata, la sorpresa en su rostro había sido genuina.

–¿Adónde vamos? –preguntó Louisa entonces, interrumpiendo sus pensamientos.

–A tu casa.

Ella se volvió, con gesto de sorpresa.

–¿Recuerdas dónde está?

Luke asintió con la cabeza, incapaz de hablar mientras miraba ese rostro que había estado grabado en su cerebro doce semanas: los ojos de color caramelo, los labios gruesos y sensuales, los altos pómulos, la piel de color miel.

Recordaba cada detalle de esa noche, no solo su dirección. El fresco aire de la noche mientras paseaban por Regent's Park, el calor de su cuerpo, el aroma de las flores, su cautivadora sonrisa, el rico sabor del capuchino que habían tomado en Camden High Street, las caricias robadas.

Y después, los brazos de Louisa alrededor de su cuello mientras la llevaba por el pequeño apartamento, el sabor de sus labios, su sensual inocencia mientras la desnudaba en el pasillo, sus sollozos cuando la llevó al primer orgasmo y lo que había sentido él cuando los dos llegaron a un devastador final.

Sí, recordaba mucho más que su dirección. Ella volvió a mirar por la ventanilla.

–Tengo que volver a la oficina. Te agradecería que me llevaras allí.

–Voy a llevarte a Havensmere –dijo Luke. Tal vez tenía que pensar un par de cosas, pero su plan seguía siendo el mismo–. Solo vamos a pasar por tu casa para que hagas la maleta.

Ella giró la cabeza bruscamente, sus ojos tan oscuros que parecían negros, y Luke se preparó.

–¿Sabes una cosa, Devereaux? No tengo que hacer lo que tú ordenes. Será mejor que dejes de hacerte ilusiones.

–Yo creo que, en estas circunstancias, deberías llamarme Luke.

–Te llamaré como quiera, Devereaux –replicó ella, indignada.

Luke no se molestó en replicar hasta que aparcó a unos metros de su casa.

–Estás cansada y asustada –empezó a decir, con un tono paternalista que la sacó de sus casillas–. Te has llevado una sorpresa, lo entiendo.

Tenía mucho que aprender sobre ella, pensó Louisa, si pensaba que acusarla de estar histérica iba a servir para calmarla.

Irritada, cruzó los brazos sobre el pecho y permaneció en silencio.

–Mira, no quiero que nos enfademos –siguió él–. Tenemos muchas cosas que discutir y vamos a hacerlo en Havensmere.

–¿Pero es que no lo entiendes? No quiero ir a ningún sitio contigo.

Luke exhaló un suspiro mientras quitaba la llave del contacto.

–Lo sé.

Por primera vez, Louisa notó las líneas de fatiga alrededor de sus ojos. Y también algo más, algo que la sorprendió. ¿Era preocupación? ¿Estaba tan profundamente afectado por la noticia como ella?

–Te guste o no –siguió Luke– vamos a tener un hijo y tendremos que lidiar con las consecuencias. Deja de mostrarte tan hostil, no sirve de nada.

Louisa puso los ojos en blanco. Había vuelto a hacerlo. Cuando empezaba a sentir cierta simpatía por él, la exasperaba de nuevo. Tenía un talento innato para sacarla de quicio.

¿Y qué había querido decir con «lidiar con las consecuencias»? Él era un hombre rico e influyente que había tomado la iniciativa con el tratamiento médico y ella estaba como en trance desde que supo que esperaba un hijo, pero lo había oído concertar otra cita con la recepcionista…

¿Pensaba presionarla para que abortase?

Que pudiese no querer a su hijo debería haberla enfurecido, pero en lugar de eso la entristeció profundamente.

Aunque odiaba admitirlo, Devereaux tenía razón sobre algunas cosas: estaba cansada, emocionada y francamente sorprendida. Necesitaba reunir fuerzas y en su mansión de Wiltshire podría hacerlo, pero antes de nada debía aclarar un asunto.

–Francamente, te encuentro paternalista, mandón e insoportable. Tal vez si dejases de tratarme como si fuera de tu propiedad, yo dejaría de mostrarme hostil.

Un poco, al menos.

Cuando lo vio apretar la mandíbula pensó que tenía el mismo aspecto que cuando estaba enterrado en ella, llenándola, conteniéndose mientras su cuerpo estallaba en llamas...

La reacción física que siguió a ese recuerdo dejó a Louisa en silencio. Nerviosa, apretó las piernas, pero aquel río de lava solo podía significar una cosa: estaba excitada.

¿Qué le pasaba? Devereaux la había utilizado, se había aprovechado de ella y estaba a punto de pedirle que abortase. Y, sin embargo, seguía excitándola.

–¿Qué ocurre? ¿Te encuentras mal?

–No, no pasa nada –murmuró ella, sin mirarlo.

Luke rozó su mejilla con un dedo.

–Estás pálida. ¿Sigues teniendo náuseas matinales?

Louisa se apartó.

–No.

No se encontraba enferma, al contrario. Entonces notó el aroma de su colonia... por supuesto, eso era. La repentina punzada de deseo era debida a las hormonas, mezcladas con la libido. ¿No había leído en alguna parte que las mujeres embarazadas respondían de manera instintiva al olor del padre de su hijo? Tenía algo que ver con las feromonas.

Nerviosa, tragó saliva. No se sentía atraída por él, solo era una reacción química.

–Hay gente en la casa –dijo él, mirándola intensamente–. Es una mansión con sesenta habitaciones y más de cien acres de terreno. Tendremos tiempo, espacio y privacidad para hablar tranquilamente y hacer lo que tengamos que hacer.

–Esta noche no estoy de humor para hablar –dijo Louisa.

Luke esbozó una sonrisa y ella se dio cuenta de lo que acababa de decir.

–No importa, tampoco yo. Pero quiero ir esta noche y me gustaría que fueras conmigo… por favor.

Después de su ridícula reacción, Louisa no estaba segura de que pasar el fin de semana con él fuese la mejor idea, pero su expresión cuando dijo «por favor» inclinó la balanza a su favor. Tenía la impresión de que no era una frase con la que estuviese muy familiarizado.

Además, empezaba a estar cansada de verdad y no tenía fuerzas para seguir discutiendo.

–Muy bien, de acuerdo, pero solo una noche.

Él asintió con la cabeza antes de salir del coche y le abrió la puerta en un gesto de galantería. Pero Louisa se había dejado engañar por sus buenas maneras una vez y no pensaba volver a hacerlo.

Luke caminaba a su lado mientras iban hacia el portal, pero una vez allí, Louisa se aclaró la garganta.

–Deberías esperar aquí –le dijo. Lo último que quería era que subiese con ella al apartamento porque los recuerdos de esa noche aún estaban frescos en su memoria–. Si no tienes permiso para aparcar aquí te pondrán una multa, por cierto.

–Me arriesgaré.

–Prefiero subir sola, si no te importa.

–Muy bien, te esperaré aquí –Luke le levantó la barbilla con un dedo– pero no tardes mucho.

Ella apartó la cara, turbada.

–Tardaré el tiempo que tarde, Devereaux.

Como despedida no era genial, pero tendría que valer.

Intentó concentrarse en la irritación que Luke Devereaux le provocaba, pero mientras guardaba algunas cosas de aseo y un conjunto de ropa interior en la bolsa de viaje descubrió que no podía controlar la excitación.

Y eso tenía que terminar.

Cuando bajó a la calle, Devereaux estaba apoyado en el coche, de perfil, hablando por el móvil. Desde allí no podía oír lo que estaba diciendo, pero con las mangas de la camisa remangadas y las gafas de sol tenía un aspecto relajado, tranquilo...

Y eso la molestó. Allí estaba ella, enfrentándose con el momento más aterrador y milagroso de su vida y el responsable se portaba como si no pasara nada. Su mundo se había puesto patas arriba en una hora y él parecía no tener una sola preocupación en el mundo.

Furiosa, se dirigió hacia él, los tacones de sus botas repiqueteando en el pavimento.

–Seguramente llegaremos alrededor de las ocho –estaba diciendo Luke–. Prepare la suite, señora Roberts. Nos veremos en un par de horas.

Luke cortó la comunicación, alertado por el taconeo. Con la cabeza bien alta, los ojos clavados en él y moviendo las caderas, Louisa parecía una amazona furiosa.

Pero eso era mejor que verla frágil y agotada, y se apartó del coche, dispuesto a lidiar con lo que fuera.

–¿Lista? –le preguntó.

–Toma –Louisa le entregó la bolsa de viaje–. Vamos a terminar con esto de una vez.

Después de dejar la bolsa en el asiento trasero, Luke se colocó tras el volante.

–Pensé que habíamos acordado firmar una tregua –murmuró, mientras arrancaba.

–¿Ah, sí, cuándo? Perdona, no debí escuchar esa orden –replicó Louisa.

El mal humor le sentaba bien, pensó. Hacía que sus ojos de color caramelo brillasen como nunca y que sus pechos subieran y bajasen de una manera...

Sin poder evitarlo, soltó una risotada.

–¿Te parece gracioso? –exclamó ella, indignada.

Luke intentó contener la risa. Tenía razón, no era apropiado reírse en aquellas circunstancias.

–Estás muy guapa cuando te enfadas.

–Por favor, qué vulgaridad.

–Ya, pero pensé eso la primera noche y sigo pensándolo.

–Si esa es tu idea de un cumplido, me compadezco de cualquier mujer que tenga la desgracia de relacionarse contigo.

–¿Como tú, quieres decir?

–Un revolcón a toda prisa no es una relación –replicó Louisa.

–Si no me falla la memoria, no fue a toda prisa.

Ella apartó la mirada.

–No quiero hablar de esa noche. Llevo tres meses intentando olvidarla.

–Entonces, parece que has tenido la misma suerte que yo –dijo Luke.

Cuando giró la cabeza, vio un brillo de pánico y confusión en su mirada.

–¿Qué?

–Parece que no vamos a poder olvidarla. Ninguno de los dos.

Louisa dejó escapar un suspiro.

–Supongo que no, pero eso no significa que vayamos a repetir el error.

Hasta que escuchó esas palabras, a Luke no se le ocurrió cuánto desearía repetir el supuesto error.

La encontraba increíblemente atractiva, lo excitaba tanto como lo enfurecía y no había sido capaz de olvidarla, pero él no era masoquista.

Sin embargo, al ver cómo le temblaban los labios, al ver el brillo de sus ojos, supo que estaba engañándose a sí mismo. No había sido solo el comentario de Jack lo que lo impulsó a dejarlo todo esa tarde para ir a buscarla.

Seguía deseándola. De hecho, no había dejado de hacerlo y era hora de admitirlo.

Y cuando vio la imagen del bebé en la pantalla

había experimentado una oleada de satisfacción masculina que no podía explicar.

El bebé iba a complicarle la vida, sin duda. Él no era un romántico y tampoco un hombre familiar. Ni siquiera sabía lo que significaba eso. Entonces, ¿por qué estaba tan contento con el embarazo?

La respuesta era dolorosamente obvia: su reacción al bebé era instintiva y puramente masculina. Louisa estaba atada a él como no lo había estado antes.

Pero, por su combativa actitud, convencerla de que había algo que los unía no iba a ser fácil.

—Lo que pasó esa noche no fue un error —dijo, mientras arrancaba—. Ni para mí ni para ti. ¿O querías pasar el resto de tu vida fingiendo orgasmos?

Louisa tuvo que apretar los dientes. Le había contado eso en confianza… ¿cómo podía sacarlo en ese momento?

El deseo de darle un puñetazo era tan fuerte que empezó a temblar.

Quería olvidar el comentario y los recuerdos que despertaba, pero mientras intentaba tragarse la humillación, los recuerdos volvieron en cascada.

Capítulo Cuatro

Tres meses antes

–¿Tu apartamento está muy lejos de aquí? Empieza a hacer frío –Luke apretó el hombro de Louisa, que apoyó la cabeza en su brazo. Era tan sólido, tan fuerte, tan cálido.

–Deja de quejarte. Hace una noche preciosa.

–Tienes frío.

–No, en serio…

Luke se quitó la chaqueta de cuero para ponerla sobre sus hombros.

–Vamos a tomar un taxi, te llevo a casa.

La prenda conservaba el calor de su piel y el aroma de su colonia. Y cuando miró su perfil supo que no quería que la noche terminase. Nunca.

Una vez en el taxi, se inclinó para darle la dirección al taxista. Cuando terminó, Luke la tomó por la cintura para sentarla en sus rodillas.

–¿Qué te parece besarse en el asiento de un taxi?

Las pulseras de Louisa tintinearon mientras le echaba los brazos al cuello.

–Me parece muy bien, pero desgraciadamente llegaremos en cinco minutos.

–Una pena –susurró Luke, buscando sus labios.

Sabía a café y a pasión contenida. Louisa empezó a temblar mientras acariciaba su cuello…

–Será mejor que paremos –dijo él entonces, con voz ronca–. Cinco minutos no es suficiente.

En la oscuridad del taxi podía ver el brillo de sus ojos, las pupilas tan dilatadas que el gris había desaparecido.

Y el sólido bulto bajo su trasero hizo que sintiera un escalofrío.

–¿Por qué no subes a tomar un café? –sugirió.

La oferta sorprendió un poco a Louisa. A ella le gustaba tontear. Disfrutaba de las miraditas, las caricias y la anticipación, pero no solía llevar más lejos un tonteo. Por la sencilla razón de que el sexo siempre había sido una decepción para ella.

A los veintiséis años, nunca había tenido un orgasmo. Había dejado de besar ranas años antes porque, francamente, fingir un orgasmo era una pesadez. A pesar de todo, siempre había sabido que algún día oiría campanitas cuando encontrase al hombre de su vida.

Y esa noche, cuando conoció a Luke en casa de Mel, su corazón le había susurrado: ¿podría ser él?

Se habían llevado bien de inmediato, tan absortos el uno en el otro que habían ignorado a sus anfitriones y a los demás invitados a la cena. Luego, él se había ofrecido a acompañarla a casa y, mientras paseaban por Regent's Park, con el sol empezando a ponerse, las flores perfumando el aire y el agradable calor de su brazos, todo le había parecido increíblemente romántico. No tenía el menor problema en admitir que por fin había conocido a su príncipe azul. Y el deseo que le provocaba era la guinda del pastel.

Luke frunció el ceño, deslizando una mano por su brazo.

–¿De verdad quieres que suba?

–¿No te apetece? –preguntó Louisa, sorprendida.

Él hizo una burlona mueca.

–Claro que sí, pero debo decirte… bueno, una vez que estemos en tu apartamento, no va a interesarme el café.

–Uf, menos mal –dijo ella, con el corazón acelerado–. Porque me parece que no tengo.

Luke soltó una carcajada.

–Me alegra que estemos de acuerdo –murmuró, mordiéndole suavemente el cuello mientras el taxi se detenía frente al edificio.

Pagó al taxista mientras ella salía del coche y luego tomó su mano para acercarse al portal. Louisa tuvo que rebuscar en el bolso para encontrar la llave, tan nerviosa que no era capaz de acertar con la cerradura.

–Déjame a mí –dijo él, abriendo la pesada puerta de roble.

Durante toda la noche había estado abriendo puertas para ella, apartando sillas, preguntándole si quería esto o aquello, pagando el taxi antes de que pudiese sacar el monedero. En la próxima cita se ofrecería a pagar la mitad de todo, por supuesto. Ella era una mujer moderna. Pero debía admitir que esa actitud tan anticuada y caballerosa la hacía sentir especial, preciosa y más excitada que nunca.

Luke le tomó la mano en cuanto entraron en el portal.

–¿Qué piso?

–El último –Louisa suspiró–. Tendremos que darnos prisa – añadió, soltándole la mano para correr escaleras arriba.

–Oye, espérame –riendo, Luke subió los escalones de dos en dos para llegar a su lado.

A pesar de ir al gimnasio dos veces por semana, Louisa estaba sin aliento cuando llegaron arriba, seguramente más por nervios que por agotamiento.

No encontraba la cerradura en la oscuridad, y cuando le apartó la melena a un lado para darle un mordisquito en el cuello, las llaves cayeron al suelo.

Riendo, Luke se inclinó para recuperarlas.

–Será mejor que abra… antes de que nos dejemos llevar aquí mismo.

La puerta se abrió por fin y Louisa dejó escapar un gemido cuando la tomó en brazos, su expresión decidida, sus alientos mezclándose. Le echó los brazos al cuello, intentando dejar de temblar. Si se excitaba un poco más lo estropearía todo.

Luke la dejó en el suelo para apoyarla contra la pared, la falda del vestido por la cintura, sus piernas desnudas rozando la tela de los vaqueros.

–Llevas toda la noche volviéndome loco –murmuró, su voz temblando de deseo–. Dime que tú sientes lo mismo.

–Sí –murmuró Louisa, apretándose contra su torso.

Cuando apartó a un lado el encaje de las braguitas para hundirse en su húmedo calor, de su garganta escapó un sollozo. Estaba temblando, incapaz de creer lo que sentía. Cuando Luke la acariciaba, le provocaba un río de lava ardiente entre las piernas.

Sorprendida por esa nueva sensación, se agarró a sus brazos, temblando.

–Por favor… –susurró, pensando que estaba a punto de saltar a un precipicio y romperse en mil pedazos.

–Déjate ir –la animó él–. Te gustará, lo prometo.

Cuanto volvió a rozar el capullo escondido entre los rizos, Louisa se apartó.

–No puedo.

Luke iba a pensar que estaba loca, pero no podía hacerlo. No podía saltar a lo desconocido, y contuvo el aliento, sintiéndose como una tonta.

Qué buen momento para descubrir que era frígida, cuando su príncipe azul estaba bajándole las bragas.

–Relájate –dijo él, haciendo perezosos círculos sobre los pliegues de su sexo, pero sin tocarla donde ella quería.

Podía ver unas arruguitas alrededor de sus

41

ojos… ¿estaba riéndose? ¿Pensaba que era gracioso?

Qué horror. No se había sentido más expuesta en toda su vida.

–Tal vez deberíamos dejar el café para otro día –susurró, mientras intentaba apartarse.

Él le puso las manos en las caderas, atrapándola contra la pared.

–¿Qué ocurre?

–No estoy de humor para esto –respondió ella, sin mirarlo a los ojos.

Luke le levantó la barbilla con un dedo.

–Estabas muy cerca y, de repente, te has puesto tensa. ¿Qué ha pasado?

Louisa negó con la cabeza, temblando.

–No importa, déjalo –murmuró, desolada.

Pero cuando Luke le tomó la cara entre las manos y le acarició la mejilla, se le encogió el corazón.

–Pues claro que importa. Solo tienes que relajarte. Si estás nerviosa, es normal que no puedas llegar al orgasmo.

Lenta, muy lentamente, mientras sus dedos hacían magia, Louisa empezó a relajarse. Y cuando rozó sus pezones con el pulgar, se pusieron tensos ante la caricia.

–¿Lo ves? Puedes hacerlo –dijo él, satisfecho.

Volvió a besarla como si estuviera poseyéndola mientras le quitaba la chaqueta de los hombros para tirarla al suelo…

–Quiero verte –murmuró, dando un paso atrás.

Ella dejó que tirase del corpiño del vestido y le quitase el sujetador, alegrándose de estar a oscuras.

Debería sentirse avergonzada. Estaba prácticamente desnuda mientras él estaba vestido, pero al ver un brillo de admiración en los ojos grises, sintió una punzada de incontenible deseo.

Luke inclinó la cabeza para acariciar uno de sus pezones con la lengua, lamiéndolo y rozándolo con los dientes hasta que estuvo rígida de deseo. Por fin, cuando lo metió en su boca y tiró de él, Louisa dejó escapar un suspiro, el placer ahogándola. Y cuando volvió su atención hacia el otro pecho, sometiéndola a la misma tortura, un sollozos escapó de su garganta.

–Muy bien, vamos a lo que importa –susurró Luke, el aliento masculino acariciando sus pechos desnudos.

Tiró de sus braguitas hacia abajo y ella levantó los pies, temblando. Cuando levantó el vestido para apretar la palma de la mano contra su monte de Venus, Louisa enredó los dedos en su pelo, tirando de él para darle un beso ferviente, apasionado.

El deseo crecía hasta volverse insoportable. Sin pensar, movió las caderas, empujando hacia su mano hasta que por fin un largo dedo se introdujo en sus húmedos pliegues, buscando, tentando. Louisa dio un respingo cuando tocó el capullo escondido, la sensación eléctrica.

–No te asustes, esta vez vamos a ir despacio.

Siguió acariciándola hasta dejarla sin respiración. Pero en aquella ocasión no sintió que iba a caer a un precipicio; al contrario, estaba dispuesta a lanzarse de cabeza. Un sollozo escapó de su garganta mientras todo su cuerpo parecía desbaratarse en una gloriosa explosión pirotécnica.

–¿Lo ves? No ha sido tan difícil –bromeó Luke mientras le besaba el cuello.

Olía de maravilla, pensó Louisa con una enorme sonrisa en los labios. De modo que era eso…

Sentía como si acabase de conquistar el universo. Luke tomó su cara entre las manos para mirarla a los ojos.

–¿Qué tal si lo hacemos otra vez? En esta ocasión, juntos.

–Me parece muy bien.

Riendo, Luke le colocó un mechón de pelo detrás de la oreja.

–Te llevaría a la cama, pero me temo que no vamos a llegar a tiempo –murmuró, sacando la cartera del bolsillo para extraer un preservativo.

Louisa miró el impresionante bulto bajo sus vaqueros.

Fascinada, alargó una mano para pasar los dedos por la tela, pero Luke la sujetó.

–No, mejor no –le dijo con voz ronca–. No quiero decepcionarte.

A ella le gustaría decir que no habría ninguna decepción. ¿No sabía que estaba loca por él?

Pero entonces Luke bajó la cremallera de su pantalón para ponerse el preservativo y Louisa tragó saliva. ¿Había visto alguna vez algo tan magnífico?

—Enreda las piernas en mi cintura –murmuró Luke, apretándola contra la pared.

Ella hizo lo que le pedía, lanzando una exclamación cuando lo sintió dentro. Pero la ligera molestia fue olvidada por completo en unos segundos.

Luke empezó a moverse, al principio meciendo suavemente las caderas hasta que estuvo dentro del todo. Louisa jadeaba, sintiendo que perdía el control de nuevo. Pero no podía ser, era demasiado rápido. De nuevo, su inexperto cuerpo se rebelaba y cuando contrajo los músculos el dolor hizo su aparición.

—¿Qué ocurre?

—Lo siento, no puedo evitarlo.

—Me encanta, pero eres tan estrecha –Luke tragó saliva–. No quiero hacerte daño. Vamos a intentarlo así…

Mientras se movía, la acariciaba con un dedo hasta que sintió que se relajaba. Entonces sujetó sus caderas y empezó a empujar de nuevo, apretándose contra ella, entrando tan profundamente que Louisa estaba abrumada.

Se oyó sollozar de gozo mientras explotaba de nuevo, sus gemidos haciendo que Luke se dejase ir.

—Maldita sea –susurró, apoyando una mano en la pared, tan atónito como ella.

Louisa tuvo que agarrarse a sus hombros para no caer al suelo.

–Vaya, entonces esto es de lo que tanto habla todo el mundo.

–¿No lo sabías? –Luke sonrió mientras se subía la cremallera del pantalón.

Debería sentirse incómoda, cortada, pensó, pero la euforia que le corría por las venas lo hacía imposible. Luke le había dado algo que había temido no conocer nunca.

–Eres el primer hombre que pasa el test Meg Ryan –le dijo, echándole los brazos al cuello–. Debería darte una medalla.

–¿Qué es el test Meg Ryan? –preguntó él, riendo.

–¿Has visto *Cuando Harry encontró a Sally*? Es una película romántica muy divertida.

–Pues no, creo que no.

–Ella finge un orgasmo en un restaurante. El test Meg Ryan es cuando una mujer no tiene que… –Louisa hizo una pausa, poniéndose colorada–. Tú sabes que el ego masculino puede ser muy frágil y antes yo solía… en fin, ya sabes…

Empezaba a sentirse como una tonta. ¿Por qué había tenido que contárselo?

–Lo entiendo –dijo él, sin dejar de sonreír–. Y me alegra mucho que no hayas tenido que fingir un orgasmo conmigo.

El beso que depositó en sus labios era un susurro de ternura y afecto.

–Será mejor que tengas cuidado –le advirtió Louisa–. Estoy a punto de enamorarme de ti.

En cuanto dijo esas palabras supo que había cometido un error. Luke se puso tenso y el brillo de humor desapareció de sus ojos.

–¿Te importa si uso el cuarto de baño?

Ella parpadeó, sorprendida por el cambio de tono. Qué raro. Por un momento, parecía como si se sintiera culpable.

–No, claro que no. Está al final del pasillo. Voy a ver si me queda algo de café.

–Muy bien.

Louisa lo miró mientras se alejaba, su estatura y sus anchos hombros haciendo que el pasillo pareciese más estrecho.

Después de rebuscar en los armarios no encontró café y tuvo que conformarse con un té de hierbas. Luke entró en la cocina unos minutos después, tan guapo que Louisa tuvo que contener un romántico suspiro.

–Tenemos un problema.

Ella lo miró, sorprendida por su seria expresión.

–¿Qué problema?

–Se ha roto el preservativo.

–Ah, vaya.

–¿Tomas la píldora?

–No, no la tomo, pero no creo que vaya a pasar nada.

Decirle que no había tenido la regla en dos meses porque su ciclo menstrual era muy irregular no le parecía muy romántico, de modo que dijo:

–Estoy al final del ciclo, así que no puedo quedarme embarazada.

–Ah, muy bien –Luke se apoyó en la encimera y colocó un pie sobre el otro–. Pero si hubiese algún problema me gustaría que te pusieras en contacto conmigo.

–Sí, claro –Louisa no pudo contener un escalofrío de aprensión. ¿Por qué iba a tener que «ponerse en contacto» con él si estaban saliendo juntos?

–¿Sabes una cosa? Lo he pasado muy bien esta noche. Eres preciosa, inteligente, sexy y muy dulce.

Aquello sonaba a despedida y, de repente, Louisa tuvo una horrible premonición.

–No eres para nada lo que había esperado –siguió él–. Y, por eso, la confesión que debo hacerte es aún más difícil.

¿Confesión? Eso no le gustaba nada.

–¿A qué te refieres?

–Para empezar, no sabes quién soy, ¿verdad?

No sonaba como una pregunta, pero ella respondió de todas formas:

–Pues claro que lo sé. Eres Luke, el compañero de squash de Jack.

«Y mi príncipe azul» hubiese añadido, pero no parecía el momento. La declaración de amor tendría que esperar hasta que se conocieran un poco mejor.

–Ya me lo imaginaba –dijo él muy serio.

–No te entiendo, ¿qué es lo que imaginabas?

–Soy Luke Devereaux, el nuevo lord Berwick. Me sacaste en la lista de los solteros más cotizados del país.

–Tú eres… ah, ya veo.

Pero no lo veía. ¿Luke era lord Berwick?

Habían tenido que publicar una fotografía borrosa, hecha por un *paparazzi*, porque era un hombre muy reservado que no quería aparecer en los medios, pero podía ver el parecido. Aun así, no podía creerlo.

–Qué coincidencia tan extraña, ¿no?

Debería alegrarse, pensó. El hombre de sus sueños resultaba ser el soltero más cotizado de Gran Bretaña. Pero no se sentía alegre.

Sentía como si acabase de entrar desnuda en una habitación llena de gente. El hombre que estaba frente a ella no era un tipo normal sino un extraño. Y esa fría mirada no ayudaba nada a calmar su nerviosismo.

–No ha sido una coincidencia –dijo Luke.

–¿Ah, no? ¿Qué estás intentando decir?

–Acepté la invitación de Jack esta noche porque quería conocerte. No me gustó el artículo, me ha causado muchos problemas en las últimas semanas y… –Luke hizo una pausa– tenía intención de decírtelo.

Louisa se agarró al borde de la encimera.

–No entiendo. ¿Por qué no me lo has dicho antes?

Él se pasó una mano por el pelo.

–Cuando empezaste a flirtear conmigo pensé

que sabías quién era, así que te seguí el juego. Y luego… en fin, luego todo se ha complicado.

¿Qué estaba diciendo, que aquella noche había sido una trampa, una broma?

–¿Por qué lo has hecho? ¿Querías reírte de mí?

Y si era así, lo había conseguido. Se había derretido entre sus brazos, le había dicho que estaba enamorándose de él… incluso le había hablado del test Meg Ryan. Se lo había dado todo mientras él la despreciaba.

Unas lágrimas de angustia asomaron a sus ojos, pero hizo un esfuerzo para contenerlas. No iba a darle esa satisfacción.

–No, no ha sido así –dijo Luke.

–¿Ah, no? ¿Y cómo ha sido entonces? Corrígeme si me equivoco, pero parece que tienes muy mala opinión de mí y de lo que hago. Estabas molesto por el artículo y, sin embargo, me has seducido.

–Había olvidado el artículo cuando llegamos aquí.

–¿Se supone que eso debe hacerme sentir mejor?

–No te pongas sarcástica. Tenía razones para estar molesto contigo. Al menos, podrías haber tenido la cortesía de avisarme de la publicación del artículo o preguntarme si quería aparecer en esa absurda lista.

No podía hablar en serio. ¿Estaba dando a entender que todo aquello era culpa suya?

–Eso no tiene nada que ver –replicó Louisa–.

Deberías haberme dicho quién eras inmediatamente. Me has engañado, esa es la verdad. Me has seducido para vengarte por un artículo que no te gustó. Es patético.

–No, eso no es verdad. Además, habría que ver quién ha seducido a quién. No te he oído quejarte cuando te llevaba al orgasmo.

Eso la enfureció.

–Serás arrogante, idiota… –Louisa tomó una taza para tirársela a la cabeza, pero él hizo un quiebro y su taza de Mickey Mouse acabó haciéndose añicos contra el suelo.

–Cálmate…

–Vete de aquí ahora mismo –lo interrumpió ella. El momento de violencia había pasado, dejándola agotada y débil. ¿Cómo podía haber sido tan ingenua?

–Muy bien, me iré si eso es lo que quieres –Luke salió de la cocina y tomó su chaqueta del suelo antes de abrir la puerta.

Ella lo siguió por el pasillo, lanzando sobre él todo tipo de insultos, pero en cuanto la puerta se cerró tuvo que apoyarse en la pared. La misma pared en la que se había apoyado unos minutos antes, cuando Luke Devereaux la había hecho sentir el único orgasmo de su vida. Bueno, habían sido dos.

Con una lágrima rodándole por el rostro, se dejó caer al suelo, enterrando la cara en las rodillas en un vano intento de esconderse de su propia estupidez.

¿Cómo podía haber sido tan tonta?

¿Cómo podía haber hecho el amor con un hombre al que ni siquiera conocía? ¿Y por qué, sabiendo que Luke Devereaux era un fraude, sentía como si le estuvieran arrancando el corazón del pecho?

Capítulo Cinco

El presente

—Serás insensible, insufrible, imbécil... —estaba diciendo Louisa, sus hombros rígidos de indignación.

Ya había derramado suficientes lágrimas por Luke Devereaux y no pensaba derramar ni una más.

—¿De verdad crees que un orgasmo compensa por cómo me trataste?

—Lo único que digo es que el sexo fue tan agradable para ti como para mí, así que deja de fingir que no fue así. Y no tuviste un orgasmo, si no recuerdo mal tuviste varios. Te traté bien...

—El sexo no tiene nada que ver con la mecánica, no sé si lo sabes. Si hubiera sabido quién eras y que querías castigarme por haber publicado ese artículo, no habría ocurrido nada entre tú y yo, así que deja de felicitarte a ti mismo. Me engañaste.

Luke soltó una risotada.

—El sexo no era precisamente un castigo... para ninguno de los dos. Las cosas se me escaparon de las manos, lo sé, pero tú disfrutaste tanto como yo, así que no veo por qué estás tan enfadada.

–Pues claro que no, porque tú no entiendes nada –Louisa se mordió los labios. No se le ocurría un adjetivo lo bastante hiriente:

–Si no te hubieras metido en mi vida...

–Yo no me he metido en tu vida para nada –lo interrumpió ella–. Esa lista es algo que publicamos cada año y yo no te conocía de nada. Si querías pedirme explicaciones, deberías haber ido a mi despacho, como haría cualquier persona normal. ¡Y no pienso aceptar una charla sobre ética periodística de alguien que no sabe nada sobre ella!

Luke exhaló un suspiro.

–Louisa...

–No había cotilleos en ese artículo –siguió ella–. La lista de los solteros más cotizados no es más que un tema divertido para nuestras lectoras, y a los hombres que aparecen en esa lista normalmente les gusta la atención. Si estás paranoico, es tu problema, no el mío.

–Pero me pusiste en esa lista sin mi consentimiento –insistió él.

–¡Porque no tenía que pedirte consentimiento! La prensa es libre, ¿o es que no lo sabes?

–Por tu culpa, tuve que soportar una estampida de chicas deseosas de casarse, un montón de paparazzi y reporteros del corazón en mi puerta. Si no crees que eso es irrumpir en la vida privada de alguien, te engañas a ti misma.

El frío y sereno Luke Devereaux no parecía tan frío y sereno en aquel momento.

–¿Esperas que nadie hable de ti? ¿Vas a decirle

a la prensa qué puede publicar y qué no? ¿Quién crees que eres?

No tenía nada de lo que sentirse culpable. No era culpa suya que su nombre hubiese aparecido de repente en la esfera social cuando heredó una de las fincas más grandes del país. Y tampoco era culpa suya que fuese un hombre guapo, rico y soltero. Y, desde luego, no era culpa suya que tuviera fama de esquivo, evasivo y frío. Si no creía que eso fuera noticia, era él quien se engañaba a sí mismo.

Además, no habían publicado los rumores sobre su pasado ni se preguntaban cómo había terminado siendo el heredero de lord Berwick cuando no estaban emparentados siquiera. *Blush* no era una revista escandalosa. Louisa había trabajado antes para una y conocía bien la diferencia.

—Yo no soy responsable del comportamiento de los paparazzi y ese artículo no te daba derecho a engañarme sobre tu identidad ni a darme ninguna lección.

De repente, Luke pisó el freno en medio de la avenida, dio un volantazo y se detuvo a un lado. Luego se volvió, clavando en ella su helada mirada.

—Vamos a aclarar una cosa: lo que ocurrió entre nosotros fue algo imparable, una fuerza de la naturaleza. Habíamos estado tonteando toda la tarde… —la voz de Luke se volvió más ronca—. Lo que pasó no tuvo nada que ver con una venganza ni con darte ninguna lección. Tenía que pasar, así de sencillo. ¿De verdad crees que pensaba en ese artículo cuando estaba dentro de ti?

–No sé en qué estabas pensando, solo sé que me engañaste. Yo a ti, no –replicó Louisa–. Y no hace falta que te pongas grosero.

–No estaba poniéndome…

Luke se pasó una mano por el pelo, exasperado, y ella aparto la mirada.

Quería agarrarse a la convicción de que había sido una seducción calculada, una mentira, una venganza. La alternativa, que el artículo no hubiese tenido nada que ver, era demasiado peligrosa.

No quería sentirse atraída por aquel hombre. Y, desde luego, no quería reconocer la química que había entre ellos. Se quedaría sin defensas, a su merced de nuevo, y el sentido común le decía que no debía dejarse controlar por su cuerpo.

¿Qué sabía su cuerpo de la vida? ¡La había traicionado de la peor manera una vez y mira el resultado!

–No importa por qué hiciéramos el amor, lo importante es que fue un error que no vamos a repetir.

Luke volvió a arrancar sin decir nada y Louisa miró por la ventanilla, demasiado cansada y disgustada como para seguir discutiendo.

Se sentía agotada y desconcertada. No solo estaba atada a aquel hombre por el bebé que crecía en su interior sino por una pasión elemental y primitiva que aún tenía el poder de hacer que perdiese el control.

Y a él le daba igual. ¿Cómo no? No tenía nada que perder. Su corazón, si lo tenía, nunca había estado en juego.

Unos minutos después, Luke paró en una gasolinera para llenar el depósito.

–Voy a pagar, volveré en cinco minutos.

Louisa asintió con la cabeza, dejando escapar un suspiro cuando la puerta del coche se cerró. Lo vio acercarse a la oficina a grandes zancadas, los hombros tan anchos que…

Tenía que olvidarse de él, pensó, enfadada consigo misma. Pero ese aire tan dominante que exudaba la sacaba de quicio.

En los últimos cien kilómetros habían intercambiado menos de diez palabras. Al principio lo agradeció, pero a medida que pasaba el tiempo, el tenso silencio había empezado a tomar vida propia, ahogándola.

Cada vez que cambiaba de marcha y rozaba su pierna pensaba en esos largos y competentes dedos acariciándola hasta llevarla al orgasmo…

Cuando dejaron atrás el aeropuerto de Heathrow estaba tan nerviosa que cruzaba y descruzaba las piernas una y otra vez. Había intentado animarse con la radio, pero Marvin Gaye cantando *Sexual Healing* no era precisamente la mejor manera de calmarse. Cambió de emisora inmediatamente, pero el daño ya estaba hecho.

Luke la miró, esbozando una irónica sonrisa.

–No es mala idea –murmuró, haciendo que el pulso de Louisa empezase a latir con fuerza.

Y, para rematar el desastre, en los últimos meses su vejiga se había encogido hasta alcanzar el tamaño de una nuez. Por el momento, habían parado tres veces para ir al baño y Luke se había mostrado amable. Tenía que darle un punto por no mencionar que esa era otra señal de embarazo que le había pasado desapercibida, pero se sentía menos conciliadora a medida que se alejaban de casa.

Tenía problemas más importantes que un deseo sexual incontenible.

¿Que iba a hacer con su trabajo, por ejemplo?

¿Cómo iba a darle la noticia a su familia? A su padre, un hombre muy tradicional, no le haría gracia que su primer nieto naciese fuera del matrimonio.

Después de tantos años intentando convencer a Alfredo di Marco de que era capaz de tomar sus propias decisiones, le deprimía pensar que iba a tener que librar esa batalla de nuevo. Y luego estaba su apartamento, que era demasiado pequeño para un niño...

Pero no parecía capaz de concentrarse en ninguno de esos temas, por importantes que fueran, y era culpa de Luke Devereaux.

Si no le hubiera hecho recordar esa noche, no se sentiría tan incómoda. Y tenía la sospecha de que él lo sabía. ¿Por qué la llevaba a su casa de campo? Ese viaje podría acabar en desastre.

Pero no había logrado reunir valor para decirle que había cambiado de opinión y quería que la dejase en cualquier estación de tren.

Sencillamente, no tenía energía. Cuanto más se alejaban de Londres, más difícil le resultaba decir nada y su propia debilidad la enfadaba.

Aquel hombre merecía que le bajasen los humos. Aunque no hubiera sido su intención engañarla esa noche, eso no excusaba su comportamiento. Era el ser más arrogante que había conocido en toda su vida y no le gustaba nada que la tratase como si no supiera cuidar de sí misma.

Había tenido que soportar a su padre y sabía que había que plantarle cara a los hombres así. Entonces, ¿por qué no protestaba?

Aunque el sol había empezado a esconderse en el horizonte seguía haciendo calor y Louisa decidió salir del coche. Alegrándose al ver a Luke esperando en la cola para pagar se sentó en un banco y se preparó para la batalla.

Por desgracia, después de ponerse brillo en los labios y pasarse el cepillo por el pelo seguía sintiéndose como si acabara de atravesar la jungla: sudorosa, incómoda y cansada.

Cuando guardaba la bolsa de cosméticos en el bolso vio su móvil y recordó algo más que tenía que hacer. Bueno, al menos podía ponerse en acción mientras esperaba que empezase la batalla.

Tenía que ordenar su vida. Había recibido una sorpresa tremenda aquel día, pero esa no era excusa para acobardarse.

Y solo había una persona a la que pudiera pedir consejo: su mejor amiga, Mel Devlin. Debería haberle hablado de su noche con Devereaux meses antes. Que Mel hubiese notado las consecuencias antes que ella solo demostraba lo buena amiga que era.

Pero suspiró, decepcionada, cuando saltó el buzón de voz.

—Hola, Mel, soy yo. Tengo que hablar contigo… —Louisa vaciló. No podía darle la noticia por teléfono—. Tengo que contarte algo importante, llamaré más tarde.

Después de cortar la comunicación, llamó a su médico en Camden. No quería que la doctora Lester fuera su ginecóloga porque ella no podía pagar una clínica privada y no iba a dejar que Devereaux se hiciera cargo de los gastos. Especialmente sin saber cuáles eran sus intenciones hacia el bebé.

Suspirando, miró los coches que pasaban por la autopista hasta que por fin saltó el contestador de la clínica.

Pero bueno, ¿no había nadie en su sitio aquel día?

—Soy Louisa di Marco y quiero pedir cita con el doctor Khan lo antes posible. Por favor, llámeme a este número…

—¿Se puede saber qué estás haciendo?

Louisa giró la cabeza, sobresaltada.

—¿Estás loco? Me has dado un susto de muerte.

—¿Para qué has pedido una cita?

—¿Por qué espías mis conversaciones?

—No vas a abortar —dio Luke entonces, tomándola del brazo—. No lo permitiré.

Debería decirle que la decisión de tener o no a

ese hijo era cosa suya, pero estaba tan sorprendida por su fiera respuesta que no acertó con las palabras.

–Suéltame ahora mismo.

Luke la soltó, haciendo un gesto de disculpa.

–¿Para qué has pedido una cita?

–No voy a abortar, no podría hacerlo.

–Estás mintiendo, te he oído pedir cita con un médico…

–Yo no miento –lo interrumpió ella, enfadada–. Estaba pidiendo cita con mi ginecólogo.

–¿Por qué? Tu ginecóloga es la doctora Lester.

–No, no lo es. Yo tengo mi propio ginecólogo y tú no vas a decirme quién tiene que controlar este embarazo.

–No digas tonterías. La doctora Lester es una de las mejores ginecólogas del país.

–Me da igual que sea la mejor del mundo. Es mi decisión, no la tuya, como es mi decisión tener o no este hijo –replicó ella–. Porque, en caso de que no te hayas dado cuenta, soy yo quien va a tener este hijo, no tú.

¿Cómo se atrevía a decirle lo que tenía que hacer?

Luke frunció el ceño.

–Considerando lo mal que lo has hecho hasta ahora, deberías darme las gracias. Después de todo, si no fuera por mí, aún no sabrías que estás embarazada.

–Bueno, pues ahora ya lo sé y yo me encargaré de todo a partir de este momento. Quiero que me dejes en la primera estación de tren.

–¿Qué?

–Quiero volver a Londres –dijo Louisa, colgándose el bolso al hombro–. Y a partir de ahora puedes dejar de meter tus narices en mis asuntos.

Cuando se dirigía al coche, Luke la tomó del brazo.

–¿Adónde crees que vas?

–¿Se puede saber qué haces? Suéltame de una vez.

–No vas a irte de aquí hasta que aclaremos algunas cosas.

–No hay nada que aclarar –dijo ella.

–Yo soy el padre de ese bebé y eso significa que tengo algo que decir. Yo me tomo muy en serio mis responsabilidades, será mejor que te acostumbres a la idea.

–No vas a decirme lo que tengo que hacer –le advirtió Louisa.

–Y me alegra que no hayas pensado en abortar porque tendrías una batalla entre las manos –siguió él, como si no la hubiese oído–. Nadie hace daño a algo que es mío.

Louisa no podía permitir ese comportamiento machista. Sentía la misma rabia que había sentido de adolescente, que le había obligado a rebelarse contra su padre.

Si Luke Devereaux pensaba que iba a decidir lo que era mejor para ella y para su bebé, estaba más que equivocado. Además, no le gustaba que hablase del bebé como si fuera de su propiedad.

–Yo no acepto órdenes de ti, Devereaux. Ni ahora ni nunca. Estamos hablando de un bebé, no de una posesión personal. Deja de portarte como un matón de tres al cuarto, no me asustas. Y suéltame ahora mismo o me pongo a gritar.

—Te soltaré cuando prometas escucharme.

—Muy bien, di lo que tengas que decir —asintió ella, airada—. Pero eso no significa que vaya a hacer lo que tú digas.

Luke la soltó, pero no se apartó ni un centímetro. Y le pareció… no, no podía ser. Pero el brillo de sus ojos le decía que estaba excitado y cuando bajó la mirada notó el bulto bajo su pantalón.

—Deja de hacerte la inocente.

—Y tú deja de portarte como un hombre de las cavernas.

—Será mejor que sigamos hablando en Havensmere.

—No pienso ir a Havensmere. Te he dicho que quiero volver a Londres.

—No vas a volver a Londres.

—¿Por qué no?

—Porque tenemos que hablar.

—¿Tenemos que hablar o es algo más? —preguntó ella, mirando su entrepierna.

—Me excito cada vez que recuerdo la noche que hicimos el amor, así que todo es posible —respondió Luke.

De modo que lo excitaba. Bueno, no era nada de lo que sentirse orgullosa.

—Vamos al coche —insistió él.

—No.

—Vamos al coche.

De repente, Louisa se dio cuenta de lo ridículo de la situación y se le escapó una risita.

–Ríete todo lo que quieras. Ya veremos quién ríe el último cuando esté dentro de ti y no puedas respirar.

De repente, el humor de la situación se esfumó por completo.

–No pienso ir a Havensmere, te he dicho que he cambiado de opinión. Quiero volver a Londres.

–Louisa, cariño, ya hemos tenido esta discusión, ¿recuerdas? Si volvemos a discutir de lo mismo no acabaremos nunca y no podremos hablar de lo que es importante –Luke esbozó una sonrisa que la afectó de forma inesperada–. El niño nacerá dentro de seis meses y tenemos un tiempo limitado.

Sin poder evitarlo, Louisa le devolvió la sonrisa. Había olvidado su sentido del humor, lo peligrosamente sexy y encantador que podía ser.

En ese momento, entendió por qué la había cautivado esa noche. No habían sido sus atractivas facciones, su estatura o sus habilidades como amante. Había sido su sonrisa, su magnetismo.

No podía volver a caer en la misma trampa.

Era lógico que casi hubiera olvidado al hombre al que conoció esa noche… porque no existía, era una mentira. Podía ser simpático y encantador cuando quería serlo y la atracción sexual entre ellos seguía siendo muy potente, pero aquel día había demostrado que no tenían nada en común salvo el bebé. Y no debía olvidarlo.

Luke le levantó la barbilla con un dedo para mirarla a los ojos.

–¿Por qué has cambiado de opinión sobre ir a Havensmere?

–Tú sabes por qué –respondió Louisa–. El sexo será un estorbo si estamos solos. Lo es ahora y estamos en la calle.

–Me alegra que lo admitas, pero no sé por qué es un problema.

–No, claro que no –dijo ella, exasperada.

¿Por qué tenía que ser tan irresistible?

–Tu vida se ha puesto patas arriba, pero la mía también, en caso de que no te hayas dado cuenta. Tampoco yo tenía planeado ser padre y menos así, de repente.

–Por favor, no discutamos más, estoy agotada.

De repente, los ojos se le llenaron de lágrimas y tuvo que hacer un esfuerzo para contenerlas.

–Oye, no llores. No es tan horrible –Luke le secó las lágrimas con un dedo.

–Tengo que irme a casa para empezar a ordenar mi vida. Tengo tantas cosas que hacer… –Louisa no pudo contener un sollozo.

Sabía que era una tontería, pero no podía dejar de llorar. La enormidad del embarazo parecía estar ahogándola hasta dejarla sin respiración.

Luke se sacó un pañuelo del bolsillo.

–No te preocupes, ya lo solucionaremos.

Louisa enterró la cara en el pañuelo y se apoyó en él mientras le acariciaba la espalda. Era cierto, su mundo se había puesto patas arriba y agradecía tener a alguien a su lado. Aunque fuese Luke Devereaux.

Por fin, dejó de llorar y se secó la nariz, un poco cortada.

—No sé qué me pasa, deben ser las hormonas.

—¿Te encuentras mejor? —le preguntó él, mirándola con gesto de preocupación.

—Sí, estoy mejor. No sé que me pasa, me siento como la protagonista de un culebrón —Louisa intentó esbozar una sonrisa—. Y me temo que tu pañuelo está hecho un asco.

—Quédatelo, tengo más.

Luke le abrió la puerta del coche y ella esperó hasta que estuvo detrás del volante antes de decir:

—De verdad, quiero que me dejes en una estación de tren. Si me das tu número de teléfono, te llamaré en un par de semanas. Entonces podremos hablar de… bueno, ya sabes.

¿De qué iban a hablar exactamente?

¿De futuras ecografías? ¿Vitaminas, nombres para el bebé? ¿Quería ser el padre del niño? ¿Quería ella que lo fuese?

Sentía como si estuviera subiendo el Everest sin equipamiento adecuado y sin oxígeno. Si lo conociese mejor, podría saber por dónde empezar.

Luke la estudiaba, su expresión indescifrable.

«Por favor, que no siga discutiendo». «Tengo demasiadas cosas en las que pensar ahora mismo».

Por fin, él asintió con la cabeza.

—Sí, claro.

Louisa dejó escapar un suspiro de alivio. Necesitaba tiempo para pensar antes de lidiar con Luke Devereaux, pero una cosa estaba clara: no iba a dejar que tomase decisiones por ella.

–¿Por qué no te pones la chaqueta como almohada y duermes un rato? Pareces cansada.

Ella asintió con la cabeza, agradeciendo que fuese tan considerado, pero cuando miró la chaqueta azul sobre sus rodillas dio un respingo.

–¿Qué pasa?

–No puedo usar esto como almohada. Es de lino y se arrugará. Además, es de Armani. Sería un sacrilegio.

Luke rio mientras cambiaba de marcha.

–Prometo no contárselo a Armani, no te preocupes –respondió, haciéndole un guiño.

Sonriendo, Louisa se colocó la chaqueta bajo la cara, intentando ignorar un extraño cosquilleo en el vientre. Pero no podía ignorar la alegría que sintió mientras cerraba los ojos.

Olía a él, a su colonia, un aroma delicioso y peligroso a la vez. Como su propietario, pensó, mientras se quedaba dormida.

Capítulo Seis

Luke atravesó la verja de hierro forjado y saludó a Joe, el guardés de la finca, antes de tomar la carretera que llevaba a la casa, las hojas de los árboles que flanqueaban el camino cubriendo el coche con acogedoras sombras.

Cinco minutos después, frente a él apareció la mansión en todo su esplendor, con dos escaleras gemelas y un par de leones de piedra flanqueando la impresionante puerta de roble.

Los jardineros habían colocado los setos de lobelia azul que él había sugerido y Luke sonrió, satisfecho. El trabajo final, reparar las cornisas, tendría lugar el mes siguiente... y ya era hora, pensó.

Su reacción ante la casa era tan desconcertante como siempre. Cuando la vio por primera vez veintitrés años antes se había quedado hipnotizado por su belleza y asustado por su grandiosidad. Para un niño que había pasado los primeros siete años de su vida en la peor zona de Las Vegas, Havensmere era magnífico y aterrador. Y cuando entró en el estudio de Berwick, la sensación de angustia había aumentado.

El hombre que estaba sentado tras el escritorio era tan aterrador como la casa.

Cuando lo llamaron un año antes para la lectura del testamento de Berwick, experimentó ese viejo resentimiento... hasta que volvió a Havensmere. Con las paredes cuarteadas, el jardín seco y los agujeros en el asfalto del camino, ya no era el centinela que recordaba sino más bien un lugar triste y abandonado, un triste recuerdo de pasadas glorias. Al final, fue compasión lo que lo persuadió a pagar la carísima restauración de su propio bolsillo, pero cuando el trabajo estuviese terminado pensaba volver a su casa de Chelsea.

Aún no sabía qué iba a hacer con Havensmere.

Suspirando, miró a su pasajera, dormida en el asiento. Una cosa era segura: tenía un problema mucho más grave que Havensmere y estaba durmiendo a su lado, con un aspecto tan inocente como el de una niña.

Louisa di Marco, madre de su hijo, seductora novata y, en general, un dolor de cabeza. Iba a tener que oírla al día siguiente, cuando despertase y se diera cuenta de dónde estaba.

Luke sonrió. A pesar de ello, no lamentaba haberla llevado allí. Era verdad que se tomaba muy en serio sus responsabilidades, y ella era su responsabilidad, le gustase o no.

Louisa emitió un gemido, pero siguió respirando rítmicamente un segundo después. Debía estar agotada para dormir en una posición tan incómoda.

Al ver cómo sus pechos subían y bajaban recordó lo excitante que había sido aquella noche, en su apartamento ... y la oleada de deseo que experimentó lo obligó a admitir que el bebé no era la única razón por la que la había llevado allí.

Todo en ella lo excitaba: su voluptuosa figura de diosa italiana, sus largas piernas, su aroma y esos ojos almendrados que prometían placeres a los que ningún hombre podría resistirse.

Sabía que nunca sería su pareja ideal. Era demasiado impetuosa y demasiado independiente, pero como compañera temporal podría ser fantástica.

Después de diez años levantando un negocio multimillonario tenía la costumbre de decirle a la gente lo que debía hacer y esperar que lo hicieran sin protestar. Tal vez era una novedad que alguien hiciese justamente lo contrario. Además, le gustaban los retos, y ninguna mujer lo había desafiado nunca como ella.

Se cansaría de la novedad, pensó, pero hasta que eso ocurriera ¿por qué no disfrutar de los fuegos artificiales?

Como sospechaba, Louisa no despertó mientras la sacaba del coche. Su mayordomo, Albert, abrió la pesada puerta de roble y lo saludó con la cabeza, sin inmutarse mientras entraba con su carga en brazos.

Luke subió al primer piso pensando que Louisa no pesaba nada para ser una mujer alta. Se le ocurrió entonces que tal vez no comía bien, como tantas chicas jóvenes que querían conservar la línea. Bueno, pues eso tendría que cambiar.

Y cambiaría, por supuesto. Pensar que el embarazo la haría perder su esbelta figura lo hizo sentir... extraño. No quería pensar en ello, pero debía reconocer que lo llenaba de una extraña sensación de orgullo.

Ella suspiró entonces, su aliento acariciando el cuello de Luke...

Tuvo que hacer un esfuerzo para calmarse cuando llegó a la habitación rosa, la suite que el ama de llaves había preparado, y la depositó con cuidado sobre la cama con dosel.

Después de quitarle las botas, se las colocó bajo el brazo. Las guardaría, por si despertaba en medio de la noche y se le ocurría volver andando a Londres.

Mientras la cubría con el edredón notó cómo sus pechos asomaban por el escote del vestido. No debía ser muy cómodo dormir con el vestido puesto, pero no pensaba quitárselo. Había un límite para lo noble que podía ser.

Después de cerrar las cortinas se disponía a salir de la habitación, pero se acercó a la cama y, aprovechando la calma antes de la tormenta, pasó los dedos por sus suaves rizos...

Tal vez había perdido la cabeza, pero estaba deseando que amaneciese para volver a discutir con ella.

Louisa respiró un delicioso aroma a flores y sábanas limpias mientras abría los ojos. Una cortina de terciopelo colgaba a un metro de su nariz, el ceñidor rematado con hilo de oro brillando a la luz del sol. Parpadeó, convencida de estar soñando, pero la opulenta decoración seguía allí.

Se frotó los ojos antes de intentarlo de nuevo, pero entonces vio un dosel sobre su cabeza y unos postes de caoba...

¿Qué hacía una cama con dosel en su habitación?

Incorporándose un poco, miró alrededor... la habitación era enorme, al menos el doble de grande que su apartamento, y estaba llena de antigüedades: una mesa, un armario, un par de sillones. La ventana estaba tapada por unas cortinas de terciopelo que solo dejaban pasar unos cuantos rayos de sol.

Qué raro. Ella nunca había soñado que fuese Escarlata O'Hara.

Pero entonces vio que llevaba el vestido... y una serie de imágenes del día anterior pasaron por su cerebro a toda velocidad.

Los ojos grises de Luke Devereaux mientras se inclinaba sobre su escritorio en la oficina, la imagen de su bebé en la pantalla, los largos dedos de Luke sobre el volante...

Furiosa, saltó de la cama, sus pies enterrándose en una gruesa alfombra. Cuando apartó las cortinas tuvo que guiñar los ojos para evitar que el sol la cegase, pero un segundo después lanzó una exclamación al ver el paisaje que había ante ella: el jardín interminable, los acres y acres de terreno...

Aquello no era un sueño, era una pesadilla.

¡Luke había vuelto a secuestrarla!

Más furiosa que nunca, entró en el baño y se puso un albornoz que colgaba detrás de la puerta. Cuando se miró al espejo pensó que parecía increíblemente joven y vulnerable con aquel enorme albornoz. Y esa no era la imagen que quería dar.

Pero la ducha la refrescó y, al menos, había dormido bien. Lo único que tenía que hacer era vestirse, tomar su bolso y enfrentarse con la rata de Luke Devereaux.

Iba a decirle cuatro cosas a su secuestrador antes de marcharse. No sabía cómo iba a volver a Londres, no encontraba sus botas y no tenía coche, pero ya se le ocurriría algo. La cuestión era que no iba a permitir que la tratase de ese modo.

Pero cuando salió del baño y se vio cegada por el sol que entraba por el ventanal, descubrió que Devereaux, como siempre, tenía sus propias ideas.

—Hola, Louisa.

Que hubiese entrado en su habitación sin avisar la enfureció aún más. Parecía relajado, tranquilo, con un vaquero gastado y un polo de color azul pálido. El atuendo informal le recordaba su primera noche juntos, pero entonces vio sus botas en el suelo...

—¿Qué haces en mi habitación? —le espetó.

—Es la una de la tarde. El almuerzo está listo y he pensado que podríamos comer en la terraza.

Louisa hizo un esfuerzo para mantener la calma. Ella, que medía un metro setenta y dos y creía que un zapato con menos de diez centímetros de tacón era solo para ir al gimnasio, no solía tener que levantar la cabeza para mirar a nadie. Pero incluso en mocasines, Luke Devereaux le sacaba una cabeza.

–No tengo intención de comer contigo. En cuanto me haya vestido, me iré.

Luke esbozó una sonrisa irónica.

–Tienes que comer algo, especialmente en tu condición. Y no irás a ningún sitio antes de que lo hagas.

–No puedes impedírmelo –anunció Louisa, pasando a su lado para abrir la puerta–. Fuera de mi habitación.

Él cruzó los brazos sobre el pecho.

–Me encanta discutir contigo, pero tengo hambre. ¿Por qué no dejas de portarte como una niña y bajas conmigo a comer para que podamos discutir esto como adultos?

Ella lo miró, atónita. Aquel hombre no tenía vergüenza… ¿hombre? No, Luke Devereaux era una rata.

–Eres tú quien se porta como un niño malcriado que cree que siempre puede salirse con la suya.

Estaba en jarras, pero al notar la mirada de Luke clavada en su pecho vio que el albornoz se había abierto y, airada, lo cerró de golpe.

–¿Qué decías? –preguntó él, como si estuvieran hablando del tiempo.

Louisa se aclaró la garganta, cruzó los brazos e intentó contener la indignación.

–No pienso comer contigo. No como con se-
cuestradores.

–¿No crees que estás exagerando?

–No, no lo creo. Dijiste que ibas a llevarme a
una estación de tren y, como siempre, has menti-
do.

–Nunca dije que fuese a llevarte a una estación
de tren –replicó él, con irritante seguridad.

–Da igual lo que dijeras, te pedí que me llevases
a una estación de tren y dejé bien claro que quería
estar sola. Tú sabías que no quería venir a Havensmere, es tan sencillo como eso.

–No lo creas.

–No te acerques –le advirtió Louisa cuando dio
un paso adelante.

Pero Luke dio otro paso, obligándola a dar
marcha atrás.

–Anoche estabas agotada emocional y física-
mente, pero estás embarazada de mi hijo –le recordó, alargando una mano para tocarle la cara–.
No pensarías que iba a meterte en un tren en esas
condiciones.

Louisa apartó la cara, pero era demasiado tarde. El calor se extendía por su cuerpo como un incendio.

–¿Te importaría dejar de invadir mi espacio
personal?

Luke esbozó una sonrisa.

–¿Sabes que tus ojos se oscurecen cuando te ex-
citas? Eso te delata. Eso y tus pezones…

Ella intentó cerrar el albornoz.

–Esto no va a solucionar el problema. Sigo furiosa contigo y sigo queriendo irme a casa.

Pero el temblor en su voz hacía que las palabras sonasen más como una invitación que como un rechazo.

–Hablaremos de eso después –susurró él, enredando los dedos en su pelo–. Ahora mismo, quiero invadir tu espacio personal.

Cuando buscó sus labios, Louisa intentó ignorar la punzada de deseo, pero el beso era tan apasionado... el roce de su lengua la hacía sentir como si la hubieran enchufado a la corriente eléctrica. Sin pensar, puso las manos en su torso y empezó a devolverle el beso en una batalla sensual que no podía ganar.

Lo pondría en su sitio en cuanto dejase de besarla, pensó. En cuanto recuperase el habla. En aquel momento, lo único que importaba era besarlo.

Luke la atrajo hacia sí para morderle el cuello y Louisa echó la cabeza hacia atrás cuando metió una mano bajo el albornoz.

–No podemos hacer esto. No tenemos tiempo –murmuró, sintiendo que perdía la cabeza.

Él levantó una de sus piernas para enredarla en su cintura.

–Tenemos una semana, ya he hablado con tu jefa...

Eso hizo que Louisa saliera de aquel estupor erótico.

–¿Has hecho qué? –exclamó, empujándolo.

–Sí, ¿qué pasa? –Luke parecía desconcertado.

–¿Qué pasa? ¡Que no tienes ningún derecho a meterte en mi vida, eso pasa!

–Olvídalo, ahora no vamos a discutir por eso.

–¿Cómo que no?

–Pero si los dos estábamos a punto de explotar...

–Me da igual. Quiero saber por qué has hablado con mi jefa. ¿Quién te ha dado derecho a hacer eso?

–Muy bien, de acuerdo –Luke se pasó una mano por el pelo–. No vamos a solucionar nada en un día, así que he llamado a Parker para pedirle que te diese una semana de vacaciones. ¿Qué hay de malo en eso?

–¿Qué hay de malo? –repitió Louisa, incrédula–. ¿Te has vuelto loco? ¿Quién crees que eres para organizar mi vida?

–Francamente, no entiendo cuál es el problema.

La miraba como si fuera ella quien se había vuelto loca.

–No lo entiendes, ¿verdad?

–¿Entender qué? –exclamó Luke.

Louisa sacudió la cabeza, atónita. ¿Cómo podía alguien no tener idea de los límites?

–Tú no puedes decidir qué hago o qué no hago. Como no puedes decidir si debo o no venir a Havensmere. Esa es mi decisión, no la tuya. Eres peor que mi padre.

–Pero era la decisión más acertada. Una semana en Havensmere te vendrá bien, necesitas recuperar fuerzas –Luke dio un paso adelante–. Y luego está el sexo. Después de lo que acaba de pasar, creo que un día no sería suficiente.

–No vamos a acostarnos.

–¿Por qué no?

–Porque lo digo yo –respondió Louisa–. Ya te dije que el sexo sería una complicación.

–Más razones para quitárnoslo de en medio. Llevamos tres meses separados y la atracción sigue ahí, tan fuerte como antes. Si crees que puedes ignorarla, estás muy equivocada.

Tal vez tenía razón. Sentía un cosquilleo en el vientre cada vez que Luke estaba cerca, su cuerpo pidiendo un alivio que solo él podía darle. Pero no pensaba admitirlo. Luke Devereaux no iba a usar el sexo contra ella.

Si volvían a hacer el amor, sería en sus términos o no sería.

–No vamos a quitarnos nada de en medio hasta que dejes de tratarme como si fuera de tu propiedad. Quiero que te disculpes por tu comportamiento ahora mismo. Y prométeme que no volverás a tomar decisiones por mí o me marcho ahora mismo.

–Pero si solo estaba intentando cuidar de ti... no, no pienso disculparme.

Estaba totalmente convencido. Aquel cavernícola pensaba estar haciendo lo correcto.

–Lo digo en serio, Luke. O prometes no volver a hacer algo así o me voy ahora mismo.

—¡Estás loca! –gritó él–. No has comido nada desde ayer y estás dispuesta a morir de hambre solo para quedar por encima.

—No es eso. Debes entender de una vez por todas que no puedes hacer lo que haces, así que promételo o llamo a un taxi en este mismo instante.

Estaba claro que nunca le habían dado un ultimátum porque la miró como si le hubiera salido otra cabeza. Pues muy bien, era hora de aprender que ella no tenía por qué obedecer sus órdenes.

Luke sacudió la cabeza, estupefacto. Louisa era más difícil de lo que había anticipado.

Un minuto antes habían estado a punto de devorarse el uno al otro y, de repente, le exigía una disculpa… ¿por qué exactamente? Ni siquiera sabía qué había hecho mal.

Y, además, estaba tan excitado que le dolía.

Nadie le decía lo que tenía que hacer, especialmente alguien que había estado llorando como una niña la noche anterior. Louisa necesitaba que alguien cuidase de ella y si lo admitiera podrían olvidarse de esa tontería y volver a lo que era importante. Y, en aquel momento, aliviar el dolor en su entrepierna era lo primero en la lista.

¿Pero cómo le había dado la vuelta a la situación?

Un minuto antes estaba tan dispuesta como él. La había oído gemir, había notado su excitación. Y, sin embargo, había logrado apartarse. Sabía que podía ser cabezota, ¿pero de dónde había salido ese carácter de hierro?

Luke se pasó una mano por el cuello, intentando concentrarse en el problema.

Lo importante en una negociación era el resultado. Y el resultado que buscaba era que Louisa se quedase allí durante una semana como mínimo para poder terminar lo que habían empezado, en la cama y fuera de la cama. Pero era evidente que tenía un problema con la autoridad, de modo que tendría que ir con cuidado.

Lo miraba con gesto decidido, sujetando con firmeza las solapas del albornoz. Parecía muy valiente, aunque tenía aspecto de niña con la cara lavada. Por qué la encontraba tan atractiva, no tenía ni idea.

Notó entonces que los pezones se le marcaban bajo la tela del albornoz...

No era tan inmune como le gustaría, pensó. En fin, tal vez tendría que aceptar una derrota, pero al final ganaría la guerra.

Louisa tenía los nervios agarrados al estómago. Si no se disculpaba, se iría de allí. Así de sencillo.

Habían pasado casi veinticuatro hora discutiendo y cuando no estaban discutiendo... bueno, el deseo de acostarse con él no hacía que aquello fuese muy prometedor. Pero mirando su alta figura, las atractivas facciones, el espeso pelo cayendo sobre su frente, se dio cuenta de que encontraba a Luke Devereaux tan intrigante como exasperante.

Era un enigma y uno muy sexy, además. ¿Quién era en realidad? ¿Y por qué la cautivaba, aunque parecía tener la sensibilidad de un mosquito?

Pero antes de nada, tendría que controlar su ego. No iba a soportar a un tipo dándole órdenes. Si se disculpaba, sería comprensiva con él.

–Hice lo que debía trayéndote a Havensmere –insistió Luke, metiéndose las manos en los bolsillos del pantalón.

–Si esa es tu idea de una disculpa, estás muy equivocado.

–No me estoy disculpando por lo que he hecho.

–Ah, muy bien, pues entonces voy a pedir un taxi –replicó Louisa.

–Espera –dijo Luke, tomándola del brazo–. Anoche necesitabas dormir y yo no quería discutir cuando parecías tan frágil –por fin, le soltó el brazo, dejando escapar un suspiro–. A pesar de mi preocupación, entiendo que debería haberte preguntado antes de llamar a Parker.

–¿Prometes no volver a hacerlo?

–¿No volver a hacer qué exactamente?

–A tomar decisiones sin consultarlas antes conmigo.

Luke se quedó callado un momento.

–Muy bien, de acuerdo. Pero quiero que te quedes aquí una semana, ¿te parece bien?

Louisa sonrió, el interrogante en sus ojos haciendo que se sintiera como Goliat.

–Lo único que tenías que hacer era preguntar como es debido.

Luke miró el reloj.

–Vamos a comer en la terraza. Te espero allí

–antes de salir, la miró por encima de su hombro–. No tardes mucho, tengo hambre –añadió, esbozando una tentadora sonrisa.

Louisa frunció el ceño cuando la puerta se cerró.

¿Por qué tenía la impresión de que no se había cargado a Goliat?

Capítulo Siete

Louisa miró la cinturilla del pantalón de lino mientras bajaba por la amplia escalera. ¿Era su imaginación o el pantalón le quedaba estrecho?

Los tacones de sus botas repiqueteaban sobre el suelo de madera del vestíbulo, tan silencioso como una iglesia, pero mejor iluminado gracias a una impresionante bóveda de cristal. Miró los antiguos retratos enmarcados en pan de oro, los muebles Chippendale, brillantes como espejos...

Estaba claro que Luke no había exagerado al decir que la casa tenía sesenta habitaciones. Incluso tal vez más.

La casa de Luke Devereaux le hacía pensar en el Manderley de Maxim de Winter. Magnífico, pero aterrador.

Bueno, al menos ella estaba vestida y maquillada. La sombra de ojos y el brillo en los labios la hacían sentir más segura de sí misma. Tenía una armadura y pensaba usarla.

–Señorita Di Marco...

Louisa se volvió al escuchar una voz femenina. Una mujer de rostro rubicundo se acercaba a ella con una sonrisa en los labios.

–Soy la señora Roberts, el ama de llaves –se presentó, secándose la mano en el delantal antes de ofrecérsela.

El apretón de la mujer era firme, su sonrisa sincera y agradable. Luke podía ser Maxim de Winter, pero al menos su ama de llaves no era la señora Danvers.

—Encantada de conocerla.

—Lo mismo digo. El señor Devereaux está esperándola en la terraza y el chef ha hecho salmón pochado para comer. Le diré a Ellie que lo sirva ahora mismo, ¿le parece?

—Eso estaría muy bien... gracias —Louisa tartamudeó, sorprendida.

¿El chef? ¿Ellie? ¿Cuántos empleados había en aquella mansión? Y todos para atender a una sola persona.

El ama de llaves le indicó dónde estaba la terraza y luego sonrió, mirando su cintura.

—El señor Devereaux nos ha dado la feliz noticia y quiero felicitarla en nombre de todo el personal.

Louisa intentó sonreír. De modo que Luke le había hablado del embarazo a sus empleados. ¿Por qué eso la hacía sentir incómoda?

—Es un honor para nosotros tenerla aquí —siguió la señora Roberts, sonriendo como si le hubiese tocado la lotería—. Pídanos cualquier cosa que necesite.

—Gracias, lo haré.

Mientras observaba a la mujer alejándose por el pasillo, Louisa estaba más sorprendida que nunca.

No era extraña a la vida de los ricos y famosos. Trabajaba en una de las revistas más sofisticadas del mercado y solía acudir a fiestas, estrenos, desfiles de moda, embajadas. Incluso había ido a Nueva York a una rueda de prensa, pero nunca había vivido en una mansión con ama de llaves y mayordomo.

Ella había crecido en un pequeño apartamento encima de la tienda de alimentación de su padre. Nunca se había considerado pobre, pero mientras pasaba por una serie de salones impresionantes, todos más grandes que su apartamento, se preguntó cómo iban a adaptarse su hijo y ella al mundo de Luke Devereaux. Y cómo iba a adaptarse él al suyo.

Mientras abría las puertas de cristal que daban a la terraza se sentía como una actriz que había olvidado el libreto un segundo antes del estreno. Miedo escénico era decir poco, pero respiró profundamente y se preparó para interpretar el papel de su vida.

El agua azul de la piscina brillaba de forma invitadora. Luke estaba al otro lado, sentado frente a una mesa de hierro forjado, a la sombra de un castaño.

Una joven con uniforme negro y delantal blanco estaba colocando platos y bandejas mientras él leía el periódico. La vajilla de porcelana, el mantel de lino blanco y su guapísimo anfitrión eran tan perfectos que el pulso se le aceleró. De no ser por los vaqueros gastados, la escena hubiese parecido un cuadro de Renoir, *Almuerzo sobre la hierba*, pero más lujoso.

Luke hizo un gesto con la cabeza y la criada desapareció. Era comprensible que no parase de dar órdenes teniendo tanta gente que las obedecía, pero no parecía entender que había una diferencia entre sus empleados y el resto del mundo.

Había sido educado para dar órdenes, pensó. Seguramente, sus antepasados habían hecho eso durante siglos.

Cuando levantó la cabeza para mirarla, Louisa podría jurar que veía esos siglos de poder en su mirada.

Bueno, pues a ella no iba a darle órdenes de ningún tipo.

Luke dobló el periódico y se levantó, el paradigma de la aristocrática galantería. Pero sus impecables maneras no la engañaban en absoluto. Ella sabía lo rápidamente que desaparecía esa capa de civilización cuando alguien le llevaba la contraria... o cuando estaba excitado.

Luke apartó una silla para ella y señaló la bandeja de salmón, rodeado de exóticas hojas de lechuga.

–Espero que tengas apetito. Leonard ha hecho comida para un ejército –murmuró, mirándola a los ojos.

Louisa intentó llevar oxígeno a sus pulmones.

«Cálmate, chica. Solo es un hombre y tú no eres su subordinada».

–El salmón tiene un aspecto estupendo.

Lo observó mientras servía el almuerzo, con movimientos controlados y seguros.

Era lógico que lo hubiese encontrado irresistible esa noche, cuando pensaba que era un hombre normal, pero estar en aquella mansión le recordaría cada día que Luke Devereaux era un aristócrata, un hombre acostumbrado a ser el dueño y señor de todo.

Louisa tomó una servilleta bordada y se la colocó sobre las rodillas.

Tenía que demostrarle que no era su dueño y señor. Con eso en mente, debería tener las hormonas bajo control. Meterse en la cama con Luke cuando él chascaba los dedos no era la mejor manera de darle una lección de humildad y convencerlo de que ella no era su nuevo juguete.

Luke observaba a su invitada probando el salmón. Cuando sacó la lengua para chupar una gotita de aceite que le había quedado en el labio superior, tuvo que tragar saliva.

No estaba acostumbrado a que nadie se enfrentase a él como lo hacía Louisa, tal vez por eso la encontraba tan fascinante.

Louisa di Marco era la mujer más problemática que había conocido nunca, pero cuando aquella batalla de voluntades terminase pensaba hacerse cargo de su hijo y tenerla donde la quería.

Mientras tomaba un trago de agua, contempló a su oponente.

Había esperado que pusiera objeciones, pero tenía una estrategia y en aquella ocasión no iba a echarse atrás. Lo había excitado tanto en el dormitorio que había perdido el control de la situación por un momento, pero no pensaba volver a cometer ese error.

Él era el cazador, no ella, y no pensaba dejarse acorralar.

Louisa comió con gusto. Tenía apetito y la comida la animó. Aunque no podía hacer mucho con las mariposas que le revoloteaban en el estómago.

A su anfitrión no parecía importarle el silencio, y no intentó entablar conversación, pero cada vez que levantaba la cabeza lo encontraba mirándola... y las mariposas se volvían locas.

Le recordaba su primera noche. Entonces tampoco había hablado mucho, aparte de hacer alguna broma. Probablemente esa era la razón por la que sabía tan poco de él. En general, Luke miraba y escuchaba con una concentración que la excitaba...

Entonces, ya no.

Porque había descubierto que su aparente fascinación era una mentira, una treta para vengarse. La había deseado esa noche y había hecho todo lo posible para seducirla. Y había estado a punto de volver a hacerlo una hora antes, en su habitación.

Mientras terminaban de comer, empezó a preguntarse cuál sería su siguiente movimiento. ¿Tendría un plan de acción en lo que se refería a su hijo?

De repente, sintió miedo. Pero no debería tenerlo, pensó. Le había dejado bien claro que no iba a hacerse cargo de su vida.

—Louisa, he estado pensando en nuestra situación…

Ella soltó el tenedor. ¿Le había leído el pensamiento?

—¿Ah, sí?

—Creo haber llegado a una solución que nos satisfará a los dos.

«Me lo puedo imaginar».

—¿Y qué solución es esa?

—Deberíamos casarnos.

Louisa, que estaba tomando un sorbo de agua, se atragantó y empezó a toser. De inmediato, Luke se levantó y empezó a darle golpecitos en la espalda.

—¿Estás bien?

Parecía tranquilo, demasiado tranquilo para un hombre que debería estar ingresado en un psiquiátrico.

Louisa asintió con la cabeza, incapaz de articular palabra.

—Para mí, es importante que mi hijo lleve mi apellido. Y, por supuesto, estoy dispuesto a manteneros a los dos. No creo que sea tan difícil estar juntos durante los meses que quedan de embarazo.

—¿Has perdido la cabeza?

Luke suspiró.

—Imaginaba que esa iba a ser tu reacción.

No le gustaba nada su tono condescendiente, pero Louisa decidió pasarlo por alto.

–Apenas nos conocemos. La idea de casarnos es sencillamente ridícula.

–Nos conoceremos cuando nos hayamos casado.

–No –dijo Louisa, las mariposas del estómago estaban a punto de salirle por las orejas.

–¿Cómo que no?

–Que no voy a casarme contigo.

En los ojos grises apareció un brillo de irritación.

Se le ocurrió entonces que no era así como debía ser. De niña, solía fantasear con el hombre de sus sueños pidiéndole en matrimonio, y la patética proposición de Luke Devereaux no se parecía nada. Debería haber un anillo de diamantes, flores, velas, romance.

Louisa tuvo que disimular una punzada de desilusión. En su vida había cosas más importantes que unos sueños rotos.

–Vamos a tener un hijo –siguió Luke, como si estuviera dictando una carta– así que nos conocemos lo suficiente.

–¿Tú crees? Hemos pasado menos de un día juntos y, además, prácticamente todo ese tiempo discutiendo.

–Bueno, no todo el tiempo. No estarías embarazada si fuera así.

–La atracción sexual no es base suficiente para un matrimonio.

–Pero es un principio –insistió él–. Podríamos partir de ahí.

¿Era esa su arrogante manera de decir que quería darle una oportunidad a la relación?

–No vamos a casarnos para conocernos mejor el uno al otro.

–¿Por qué no? Vamos a tener un hijo, yo creo que es lo más apropiado.

Louisa frunció el ceño. ¿Había vuelto atrás en el tiempo, a la era victoriana?

–En caso de que no te hayas dado cuenta, vivimos en el siglo XXI. Los niños nacen fuera del matrimonio todos los días.

La sonrisa de Luke desapareció.

–Mis hijos, no.

Había tocado nervio y el deseo de seguir haciéndolo era irresistible. Tal vez por fin iba a conseguir respuesta a la pregunta que había estado dando vueltas desde que apareció en la oficina.

–¿Por qué no? ¿Por qué estás tan decidido a darle tu apellido?

¿Sería posible que estuviera tan emocionado ante la idea de ser padre como ella?

–Porque es hijo mío.

La esperanza se esfumó. No era la respuesta que había esperado.

–El niño es una persona, no un objeto que te pertenezca.

–Lo sé –dijo él, con tono helado–. Pero quiero que lleve mi apellido y para eso tenemos que casarnos.

–Podrías darle tu apellido sin que nos casáramos. No hay necesidad…

–De todas formas, sería un bastardo. No, lo siento, tenemos que casarnos.

Louisa notó cierta emoción en su voz y se dio cuenta de que aquello era algo más que una cuestión de cabezonería.

–El matrimonio es un compromiso de por vida… o debería serlo. Y yo no estoy dispuesta a aceptar un matrimonio de conveniencia por una anticuada percepción de la vida.

–Tú no eres precisamente lo que yo llamaría «conveniente».

–Tampoco lo eres tú. Más razones para no…

–Muy bien, muy bien –la interrumpió él–. Será mejor que no discutamos porque ya sabes lo que pasa cuando lo hacemos.

¿Cómo podía ser tan grosero?

Cuando Louisa abrió la boca para protestar, él levantó una mano para pasársela por el pelo y la ternura del gesto la sorprendió.

–Tenemos una semana –dijo entonces–. Y yo diría que podríamos aprovechar el tiempo para conocernos mejor. En todos los sentidos.

Ella dejó escapar un suspiro.

–No voy a fingir que no quiero acostarme contigo, pero necesito tiempo. No quiero que me apremies, somos prácticamente extraños, y eso me asusta.

Luke arrugó el ceño.

–¿Cuánto tiempo? Solo tenemos una semana.

–No estoy segura, pero esta noche quiero una tregua porque estoy agotada.

No era verdad. Estaba un poco cansada, pero lo que la turbaba eran sus conflictivos sentimientos ante la proposición de matrimonio.

La había rechazado de antemano, pero en un rinconcito de su corazón sentía algo… no sabía qué. Y debía tener cuidado.

–¿Qué clase de tregua?

–Nada de hablar de sexo. Y nada de tocarnos.

–No digas tonterías, no somos niños.

Louisa se levantó, intentando disimular el temblor de sus manos.

–Muy bien. Si eso es lo que piensas, me voy a mi habitación y no saldré de allí hasta mañana.

Luke se levantó también.

–¿Qué vas a hacer, encerrarte allí durante una semana?

–Si tengo que hacerlo, lo haré. Necesito estar sola, pero bajaré a cenar si prometes no presionarme. No voy a acostarme contigo esta noche, Luke, no estoy preparada.

Él la estudió, en silencio.

–Muy bien –dijo por fin–. Si eso es lo que quieres…

–Estoy absolutamente segura de que eso es lo que quiero –mintió Louisa.

Pero cuando iba a darse la vuelta, Luke la tomó por la muñeca.

–No tan deprisa. A cambio, quiero que tú también me hagas una promesa.

–¿Qué promesa?

–No voy a tocarte mientras tú no lo hagas.

Ahí estaba de nuevo la seductora sonrisa, la promesa de algo particularmente carnal en sus ojos.

Y Louisa asintió con la cabeza, sabiendo que no podía confiar en su voz.

¿Quién había ganado aquel asalto?, se preguntó, mientras se alejaba con las piernas temblorosas.

Tenía la impresión de que no había sido ella. De algún modo, el intratable y tramposo lord Berwick había ganado otra vez.

Lo que necesitaba en aquel momento era un consejo sensato. Su mejor amiga, Mel Rourke Devlin, tenía dos hijos y cinco años de felicidad marital a sus espaldas, con un marido que prácticamente también la había secuestrado. Si Mel no sabía lo que debía hacer, nadie lo sabría.

Hora de pedir el comodín del amigo.

Mientras observaba a Louisa alejándose por la terraza, Luke esbozó una sonrisa. Le pareció ver una braguita rosa de encaje bajo el pantalón de lino y se imaginó deslizando un dedo por...

Nervioso, apartó la mirada.

La proposición había ido mejor de lo que esperaba. Había sido su abogado quien le sugirió el matrimonio esa mañana y, al principio, también a él le había parecido una idea absurda, pero al final tuvo que admitir que casarse era la única opción.

A pesar de la negativa de Louisa, él sabía que le pondría un anillo en el dedo. No iba a fracasar después de lo que había sufrido durante su infancia, aunque convencerla para que colaborase no iba a ser fácil.

Intentó leer las columnas de información financiera, pero los números se convertían en un borrón mientras recordaba la expresión de Louisa durante el almuerzo: sorprendida, desafiante, desconcertada y, por fin, desesperadamente excitada.

Tendría su tregua esa noche, concedió magnánimamente. Él era un hombre de palabra y jamás había tenido que presionar a una mujer para que se metiera en su cama, por mucho que quisiera acostarse con ella.

Pero esa noche iba a ser tan insoportable para Louisa como iba a serlo para él.

Capítulo Ocho

–Prepárate para una sorpresa, Mel –a Louisa le temblaban las manos mientras sujetaba el móvil–. Estoy embarazada y Luke Devereaux es el padre.

Louisa oyó una exclamación y luego un ruido, como si a Mel se le hubiera caído el teléfono.

–¡Dios mío! Yo sabía que había pasado algo esa noche, lo sabía, pero tú decías… un momento, esa cena tuvo lugar hace tres meses. ¿Por qué no me habías dicho nada? Te pregunté la semana pasada, cuando me contaste que habías tenido náuseas, y dijiste que no había ningún problema.

–Porque no lo sabía.

–No digas bobadas. ¿Cómo no ibas a saber…?

–Es una larga y aburrida historia –la interrumpió Louisa. Y una que no pensaba contarle, además.

–Muy bien. ¿Cuándo vas a tener el niño?

La simple y sincera pregunta hizo que los ojos a Louisa se le llenasen de lágrimas. Una oleada de emoción la golpeó al recordar por qué quería a Mel y cuánto necesitaba hablar con ella.

–La segunda semana de febrero.

–Lou, ¿estás llorando?

–Son las malditas hormonas –respondió ella, secándose las lágrimas de un manotazo–. Mel, la cuestión es que el niño no es la única sorpresa.

–¿Qué quieres decir?

–Estoy en la mansión de Luke en este momento –Louisa decidió que debía darle la segunda sorpresa poco a poco. Después de todo, Mel estaba embarazada de siete meses.

–¿Y cómo es? Me han dicho que es increíble.

–Lo es. Casi como el palacio de Buckingham, pero más elegante.

–Qué maravilla. Entonces, cuéntame, ¿sois pareja?

–Es un poco más complicado que eso –Louisa tragó saliva para reunir valor–. Me ha pedido que me case con él. O, más bien, me ha dicho que debemos casarnos.

–¡Madre mía! –exclamó Mel, después de unos segundos en silencio–. ¿Entonces vas a ser lady Berwick?

–No seas tonta, no voy a casarme con él. Eso sería una locura.

–¿Por qué no? Es el padre de tu hijo, es guapísimo y yo podría jurar que alguien lo incluyó hace poco en la lista de los solteros más cotizados del país.

Louisa no podía creer que Mel se lo tomase de esa forma.

–Esto no tiene gracia. Me ha secuestrado y está planeando seducirme para que me case con él. Me siento como si fuera la heroína de una de esas novelas antiguas. ¿Qué voy a hacer?

–Venga, Lou, no hay nada horrible en Luke Devereaux. Hasta Elle está loca por él y tú sabes lo exigente que es.

–¡Elle tiene cinco años! –exclamó Louisa, asombrada.

–Bueno, es verdad. Y no creo que esté dispuesta a dejar a Ken por Luke, pero estuvo sentada en sus rodillas durante la cena...

–¡Mel!

–Era broma. La cuestión es que a Elle le gusta y mi hija sabe juzgar a la gente. Y a ti debe gustarte también o no estarías embarazada. ¿Por qué te horroriza tanto la idea de casarte con Devereaux?

Louisa suspiró. ¿Cómo podía explicar sus conflictivos sentimientos?

–Estoy aterrorizada. ¿Y si me enamoro de él? –las palabras salieron de su boca antes de que supiera que iba a pronunciarlas.

–Oh, Lou –la exclamación contenía un mundo de simpatía y comprensión–. Sé que enamorarse puede ser aterrador, pero también es lo más maravilloso del mundo.

–No si la otra persona no te quiere. O si las dos personas no son compatibles. Solo hemos pasado un día juntos y ya tenemos problemas suficientes como para acudir a un consejero matrimonial.

–¿Qué problemas son esos?

–Para empezar, sacarle información sobre su vida es mas difícil que entrar en Fort Knox –Louisa paseaba frente a la ventana–. Y se cree el dueño del universo, espera salirse con la suya siempre y no entiende el significado de la palabra compromiso. Además, cada vez que discutimos me distrae... besándome.

–Qué canalla –dijo Mel, burlona.

–No te atrevas a reírte.

–Lo sé, lo sé, no tiene gracia. Pero Lou, dime una cosa: ¿te gusta que te bese?

–Sí, pero esa no es la cuestión.

–¿Ha pasado el test de Meg Ryan?

¿Por qué había tenido que contarle nada sobre el test de Meg Ryan? Era lógico que su amiga no la tomara en serio.

–¿Y qué más da? Eso no es suficiente para casarse con alguien.

–No, pero es un buen principio.

Esas palabras eran tan parecidas a las de Luke que Louisa estuvo a punto de morder el teléfono.

–Oye...

–¡Elle Valentine Devlin, para ahora mismo!

–¿Qué ha pasado?

–Elle le ha pintado la cara a su hermano con un rotulador. En fin, sigamos con lo nuestro.

–No te preocupes por mí, estoy bien –dijo Louisa, más abrumada que nunca.

–No te asustes, Lou. Este es mi consejo, por si te vale de algo: entiendo que la idea del matrimonio te asuste. Me parece un poco apresurado si apenas os conocéis.

–Eso digo yo –por fin su amiga entendía el problema.

–Imagino que se lo has dicho, ¿no?

—Lo he intentado, pero Luke no acepta una negativa.

—¿Y qué piensas hacer?

—Le he dicho que me quedaría en Havensmere una semana.

—¿Os acostáis?

—No, no.

Pero pronto lo harían.

—¿Por qué no?

—No lo sé, me da miedo. Es tan abrumador... no quiero que me vuelva loca y le he dicho que esta noche no podía tocarme.

—Me parece muy bien. Tienes que sentarte a pensar qué es lo que quieres hacer.

—¿De verdad?

—Por lo que me has contado, y por lo poco que sé de él, Luke Devereaux es un tipo al que hay que pillar desprevenido para que baje la guardia. Si él te distrae con besos, ¿por qué no lo distraes tú también?

Louisa hizo una mueca.

—Mel, ¿estás loca? Eso no serviría de nada.

Pero entonces se paró un momento a pensarlo. La verdad era que había probado con la indignación y el enfado, a los que tenía todo el derecho, pero no había servido de nada. Y tampoco el sentido común.

—¿Por qué no?

—¿Cómo sugieres que lo haga sin perder la cabeza?

—Tú sabes cómo, coqueteas mejor que nadie

100

cuando quieres. En serio, ese hombre no tiene nada que hacer.

Después de su conversación con Mel, Louisa decidió estar ocupada durante toda la tarde. Si iba a hacer lo que su amiga había sugerido tenía que estar calmada y concentrada, o tan calmada y concentrada como fuera posible.

Después de pedirle a la señora Roberts que enviase a una empleada a su apartamento para buscar algo de ropa, se tumbó en la cama con intención de dormir una siesta, pero tras diecisiete horas de sueño no podía cerrar los ojos sin ver los de Luke, así que dejó de intentarlo.

Salió al pasillo y, después de comprobar que no había nadie, se dirigió a la biblioteca, que parecía la de *My Fair Lady*, para buscar información en Internet sobre los primeros meses de embarazo.

Descubrir que no era la única que sufría náuseas matinales a los tres meses era una buena noticia. Descubrir la pesadez de estómago, las estrías, el edema, la preeclampsia y todos los demás problemas que podría sufrir en los próximos meses era una noticia malísima. Pero todo eso se volvió irrelevante cuando vio la fotografía de un feto de seis meses.

Con los ojos llenos de lágrimas, apagó el ordenador y se secó la nariz con un pañuelo. Estaba segura de que todo iba a ir bien, porque ella era una persona sana. Y, sabiendo que debía cuidar de dos personas en lugar de una sola, tendría más cuidado que nunca.

Suspirando, se levantó del escritorio para dirigirse a los ventanales que ocupaban toda una pared. Eran casi las seis y el sol empezaba a esconderse en el horizonte. La casa estaba rodeada de jardines, pero no los jardines bien recortados y un poco aburridos que una esperaría en una mansión así. Las flores crecían por todas partes, un poco salvajes, las rosas mezclándose con las dalias, las gardenias con los lirios. Parecían señoras en una fiesta, flirteando con los hombres.

Esa imagen la hizo sonreír. Aquel sitio, aunque grandioso, era idílico.

Se preguntó entonces si Luke tendría algo que ver con el jardín… pero no, no podía ser. Luke Devereaux era demasiado macho para saber algo de flores, y no podía imaginarlo perdiendo el tiempo con algo tan humilde como la jardinería.

Podía ver una esquina de la piscina desde allí, el agua de color turquesa a juego con los mosaicos azules…

La señora Roberts le había dicho que tenían muchos bañadores para los invitados y, de repente, la idea de darse un baño le pareció irresistible.

¿Qué pasaría si Luke la viese en bañador?

Una risita se le escapó de la garganta, haciendo eco en la cavernosa biblioteca. Sería arriesgado, peligroso, prácticamente como tentar al demonio. Estaría jugando con fuego, pero esa idea la atraía aún más.

Mel tenía razón: debía pillar a Luke Devereaux desprevenido.

Le había dado su palabra de no tocarla esa noche, probablemente esperando que fuese una florecita dispuesta a ser desflorada cuando a él le apeteciese.

¿Pero por qué no iba a tomar la iniciativa por una vez? Mientras no lo tocase, como había prometido, él estaría en desventaja y así era como quería tenerlo.

Por el momento, en aquella batalla Luke había ido ganando todos los asaltos, pero ella tenía también poderosa munición y era hora de empezar a disparar.

Miró a un lado y a otro del pasillo mientras salía de la biblioteca para comprobar que Luke no estaba por allí. Quería máximo impacto para su pequeño espectáculo.

–No, no vendas ahora las acciones de Westling, el precio subirá el lunes o el martes. Y no vendas antes de que lleguen a veinte –Luke siguió hablando unos minutos más con su bróker de Nueva York. Llevaba dos horas al teléfono recibiendo informes sobre sus inversiones, una tarea que solía entretenerlo.

Sentía un amor de matemático por los números y tenía un talento natural para predecir qué acciones iban a subir y cuáles debía vender. Y nervios de acero para los negocios, que era lo más importante. Le encantaba ese mundo: la apertura de los mercados, la descarga de adrenalina al saber que podía ganar millones en unos segundos. Y esa pasión lo había hecho rico.

Pero esa tarde, las inversiones lo aburrían y lo impacientaban. Por primera vez, incluso ganar dinero le parecía una tarea.

Y sabía muy bien de quién era la culpa: la señorita Louisa di Marco. La bruja en la que no podía dejar de pensar ni por un segundo.

No había podido quitársela de la cabeza en los últimos tres meses, y desde que la llevó a Havensmere el efecto que ejercía en él era aún peor.

Luke miró distraídamente por la ventana y al ver a una mujer saliendo de la piscina estuvo a punto de soltar el teléfono.

–¡Demonios! –exclamó, la sangre yendo directamente a su entrepierna–. No, no hablaba contigo, Patrick.

Su paso era tan grácil como el de una modelo, salvo que aquella mujer tenía curvas donde debía tenerlas.

Luke tragó saliva, la voz de su bróker un zumbido lejano.

El agua rodaba por su piel, brillante bajo los últimos rayos del sol, y los dos minúsculos triangulitos del biquini rojo se pegaban a sus pechos sin dejar absolutamente nada a la imaginación.

La vio inclinar la cabeza y moverla de un lado a otro antes de hacerse una trenza. El movimiento hizo que se fijara en sus pechos…

Luke tuvo que tragar saliva, sintiendo un dolor en la entrepierna cuando se imaginó a sí mismo desatando el lazo del biquini y acariciando esos pechos...

Nervioso, se apartó de la ventana para volver al escritorio, ajustándose los vaqueros en un vano intento de acomodar la erección que empujaba contra la cremallera.

El bróker seguía hablando.

–Perdona, Patrick... –lo interrumpió– tendremos que seguir mañana. Ahora mismo tengo algo importante que hacer.

Después de cortar la comunicación, tamborileó sobre el escritorio con los dedos. Y luego se levantó para volver a la ventana.

Louisa estaba secándose con una toalla, pasándola primero por esas piernas tan largas, secando el interior de los muslos... y haciendo que él se quedase sin aliento. Luego la pasó por sus brazos y, por fin, sobre sus pechos. El corazón de Luke se detuvo al ver que pasaba la felpa por la lycra roja. Casi podría jurar que había visto un pezón...

Enfadado, se pasó las manos por la cara. Aquello era humillante. Se sentía como un crío de doce años espiando a la vecina de enfrente, pero no podía apartarse.

Louisa se pondría furiosa si lo supiera, pensó. Pero justo en ese momento ella levantó la cabeza y lo miró directamente con la sonrisa de Salomé mientras hacía el baile de los siete velos.

–Será posible...

Louisa le hizo un guiño, se echó la toalla al hombro y le mandó un beso antes de darse la vuelta para entrar en la casa.

Con los ojos pegados al perfecto trasero hasta que desapareció de su vista, y a pesar del dolor en la entrepierna y la ducha fría que iba a darse antes de cenar, Luke soltó una carcajada.

Tenía que admitirlo, la sirena lo había pillado desprevenido.

Y eso significaba que tendría que devolvérsela. Era una cuestión de honor.

Aunque muriese en el intento.

—¿Vas a cocinar tú? —Louisa miró a Luke, incapaz de esconder su asombro—. Pero yo pensé...

Había pensado que cenarían en el elegante comedor que había visto por la tarde, con varios criados alrededor.

Él enarcó una ceja.

—Es la noche libre del personal y tenemos la casa para nosotros solos —respondió, admirando el vestido negro de cóctel que dejaba sus piernas al descubierto—. Cenaremos en el invernadero, es más íntimo.

Louisa torció el gesto. Cuando planeó su pequeño espectáculo erótico en la piscina no había pensado que iba a estar sola en la guarida del dragón esa noche.

Luke aún no había dicho nada al respecto y eso era buena señal. Se había sentido poderosa cuando sus ojos se encontraron, y pensar que se había visto obligado a cambiar de estrategia hacía que fuese más satisfactorio, pero se daba cuenta de que lo había subestimado. Luke no parecía vencido en absoluto.

–¿Vamos? –preguntó él, ofreciéndole su brazo.

¿Debería mencionar el acuerdo de no tocarse o sería una señal de debilidad? Por fin, aceptó su brazo, pero Luke tuvo que soltarla para abrir la puerta de la cocina y Louisa se mordió los labios, conteniendo un suspiro de alivio.

Cuando entró en la cocina, con una pared de cristal que daba acceso al invernadero, se quedó sorprendida. Desde allí podía ver todo el jardín. Había plantas colocadas estratégicamente y armarios con puertas transparentes que le daban un aire moderno. Ella había esperado algo más anticuado, menos sofisticado, probablemente porque pensaba que la cocina era un sitio que Luke no usaría nunca.

–Es preciosa.

–Me alegro de que te guste –dijo él, tomándola de la cintura.

–Se supone que no debes tocarme. ¿O ya has olvidado tu promesa?

Lamentablemente, la acusación fue hecha con voz ronca, de modo que perdió efectividad.

–Después del espectáculo erótico de esta tarde, tienes suerte de que no te dé unos azotes.

Estaba bromeando, pero Louisa sintió un escalofrío. Odiaba estar bajo el control de nadie y siempre se había rebelado contra ello, pero debía admitir que su dominante naturaleza la excitaba tanto como la irritaba.

–Dame unos azotes si quieres –le dijo, desafiante–, pero antes dame de comer, estoy muerta de hambre.

Los ojos de Luke se oscurecieron como el cielo durante una tormenta de verano y ella se preguntó si habría ido demasiado lejos. Pero entonces se echó a reír.

–Muy bien, cenaremos antes –dijo, tirando de ella para darle un azote en el trasero antes de abrir la nevera–. Vamos a ver qué tenemos por aquí.

Louisa tuvo que sonreír cuando se inclinó para sacar lechuga, tomates y un paquete de carne. Tenía un trasero estupendo… pero no debía fantasear. Aún no.

–¿Que tal solomillo y ensalada?

–Suena bien.

–¿Aún no has tenido antojos? –le preguntó Luke, dejando las cosas sobre la encimera.

Unos cuantos, pensó ella, notando cómo la camiseta se le ajustaba al torso.

–Alguno, cosas normales.

–¿Por ejemplo?

–Bollos de chocolate, helados de chocolate… bueno, chocolate en general. Pero debo tener cuidado para no engordar demasiado.

Él inclinó a un lado la cabeza.

–No te preocupes, yo tengo una buenísima idea para mantenerte en forma.

De repente, la tensión sexual volvió como una llamarada. Aquella iba a ser la noche más larga de su vida… y la culpa era suya, además.

Luke sacó los solomillos del paquete, colocó la carne sobre una tabla y empezó a echar sal y pimienta.

–Yo podría poner la mesa –sugirió Louisa, después de aclararse la garganta. Así dejaría de imaginar esos largos dedos acariciándola a ella y no a un estúpido filete.

Luke levantó la mirada, su expresión diciendo que sabía lo que estaba pensando.

–¿Hace demasiado calor?

–No, en absoluto. Ah, ya lo sé, ¿por qué no corto un pepino?

«Dos pueden jugar al mismo juego, amiguito».

Louisa tomó un largo pepino y lo acarició de arriba abajo.

–Me encanta el pepino –dijo, con voz ronca–. Fresco, firme, sabroso –añadió, pestañeando como una estrella porno.

Luke emitió un gemido.

–Deja el maldito pepino y ve a poner la mesa en el invernadero –le ordenó, quitándoselo de la mano–. Los cubiertos están en ese cajón.

Ella esbozó una sonrisa mientras lo oía cortar el pepino como si quisiera matarlo.

La profusión de flores y plantas hacía que el invernadero pareciese un sitio de cuento de hadas, y Louisa respiró profundamente, suspirando.

–Deberías darle una medalla a tu jardinero. La

elección de flores y plantas en esta finca es asombrosa.

Luke dejó de cortar.

–Yo he diseñado el jardín.

–¿En serio? –le preguntó, atónita.

Él no dijo nada, ni siquiera la miró mientras ponía una sartén al fuego.

–Me gusta la jardinería –respondió por fin.

Y Louisa se dio cuenta de que estaba avergonzado.

Qué sorpresa. Tal vez el supermacho ocultaba algún secreto después de todo.

Cuando terminó de poner la mesa, se sentó para mirarlo cocinar. Luke le dio la vuelta a los filetes en la sartén y luego hizo la ensalada y el aliño, todo con la eficacia de un profesional.

¿Había algo que aquel hombre no supiera hacer? ¿Y desde cuándo se había vuelto sexy esa seguridad en lugar de aterradora?

Se le hacía la boca agua y no por el solomillo precisamente.

–Todo estaba riquísimo –dijo Louisa, apartando su plato.

Era cierto, la cena había sido estupenda y debía reconocerlo.

–Me alegro de que te haya gustado –Luke la estudió mientras tomaba un sorbo de agua mineral–. Si sigues teniendo apetito, seguramente encontraré algún helado de chocolate en el congelador.

–No me tientes –dijo Louisa.

Él sonrió, esa sonrisa pausada, sensual, que hacía que se derritiera por dentro. Sabía que un helado de chocolate no era lo único que estaba ofreciéndole.

–¿Lista para los azotes?

Louisa puso el plato de Luke sobre el suyo y se levantó.

–Antes tengo que meter esto en el lavavajillas. Luego hablaremos –respondió, contenta de que los platos no se le cayeran de las manos.

Pero Luke se levantó para quitárselos y dejarlos sobre la encimera.

–Espera un momento.

–¿Qué haces?

–Debes conservar tus fuerzas para cosas más interesantes, cariño.

–¿Qué?

Cuando la tomó entre sus brazos y respiró el aroma de su colonia, un aroma a hombre y a algo igualmente delicioso, Louisa intentó apartarse, pero no encontraba fuerzas para hacerlo.

Le deslizó una mano por el trasero.

–Odio castigarte, ya lo sabes –dijo con voz ronca mientras la besaba en el cuello–. Pero a veces un hombre tiene que hacer lo que tiene que hacer.

–Está empezando a preocuparme esa obsesión tuya por el castigo corporal, Devereaux –bromeó Louisa–. Espero que sepas que es un poco perverso, incluso para un aristócrata inglés.

Luke rio, apretándola contra su torso.

–Yo no nací aristócrata. Mi madre trabajaba en un espectáculo musical en el Caesar's Palace de Las Vegas.

Louisa echó la cabeza hacia atrás, perpleja.

–¿Tu madre era una bailarina de Las Vegas? ¿Lo dices en serio?

De repente, él se apartó como si lo quemase.

¿Lo había dicho en voz alta?

Nervioso, se pasó una mano por el pelo. ¡Un segundo antes estaba a punto de devorar esos labios y de repente le hablaba de su madre! Evidentemente, la frustración sexual de los últimos días estaba derritiéndole el cerebro.

–Espérame en la terraza, voy a hacer café –murmuró, sin poder disimular su agitación.

Él nunca hablaba de su pasado, a nadie. Y, además, Louisa era periodista.

¿Cómo se le había ocurrido?

–No cambies de tema –dijo ella–. No puedes soltar esa bomba en medio de la conversación y luego echarte atrás.

–No era una conversación, era un preludio erótico –la corrigió él– así que lo que haya dicho no cuenta. Olvídalo.

–¿Por qué?

–No pienso hablar de ello. Si no quieres café, muy bien. Retomaremos el asunto donde lo habíamos dejado.

Pero cuando inclinaba la cabeza para besarla, Louisa puso un dedo sobre sus labios.

–Si tu madre era una bailarina de Las Vegas,

¿cómo acabaste siendo el heredero de lord Berwick? –le preguntó, los ojos brillantes de curiosidad.

–Por el amor de… –Luke dio un paso atrás.

No podía creerlo. Habían estado a punto de arrancarse la ropa el uno al otro y, de repente, Louisa quería hablar. Era la mujer más irritante del mundo.

–No quiero hablar de esto, y especialmente no quiero hablar ahora. Es muy aburrido y tenemos cosas mejores que hacer.

–No tienes que gritar, Luke. Y ya sabes que no voy a acostarme contigo esta noche, así que tenemos mucho tiempo. Además, besarnos no es buena idea, es frustrante para los dos.

Él parpadeó, atónito.

–No puedes hablar en serio. ¿Por qué no vamos a acostarnos juntos esta noche? Y no me digas que no quieres.

–Ya te lo expliqué esta tarde. Quiero conocerte un poco mejor antes de dar ese salto.

Hablaba en serio. Lo encendía hasta el punto de hacerle perder la cabeza y, de repente, decía que no.

–Me estás tomando el pelo. Lo has hecho a propósito para excitarme.

Si esperaba que lo mirase con gesto de remordimiento, estaba muy equivocado. Louisa ni siquiera parpadeó.

–Qué típico. Debe ser muy conveniente ese cliché cada vez que no consigues lo que quieres.

–¿De qué estás hablando?

–Tú puedes usar el sexo como arma porque eres un hombre, pero si lo hago yo soy una fresca.

–Yo nunca he usado el sexo como arma.

–Sí lo has hecho –dijo Louisa, clavándole un dedo en el torso–. ¿Qué perseguían esas miradas arrebatadoras, los besos, las caricias, los dobles sentidos?

Luke lea garró el dedo y se inclinó hasta que sus caras casi se tocaban.

–La diferencia es que yo tenía intención de terminar lo que había empezado –murmuró.

Sabía que estaba siendo un matón, pero no podía evitarlo. La deseaba y sabía que Louisa lo deseaba a él. ¿Por qué iban a esperar?

Ella tiró de su dedo para recuperarlo.

–Yo no he dicho que no vaya a terminar lo que hemos empezado. Sé adónde lleva esto, no soy tonta. Pero no voy a acostarme contigo cuando tú decidas sino cuando lo decida yo. Y lo decidiré cuando esté lista, no antes. Hasta entonces, si vas a quedarte mudo cada vez que te haga una pregunta personal, vas a tener que esperar mucho.

–Eso es chantaje –dijo Luke, atónito.

–Llámalo como quieras, yo lo llamo sentido común. No me siento cómoda acostándome con un extraño.

Al ver su seria expresión, Luke supo que hablaba en serio. Si quería conseguir su objetivo iba a tener que darle algo de sí mismo. Miró el jardín, diseñado y cuidado por razones que ni él entendía.

114

Suspiró. ¿Debía arriesgarse? ¿Podía hacerlo? Pero entonces pensó en cuánto la deseaba y en lo indefenso que estaría su hijo si no le daba su apellido. No había alternativa.

–No me gusta contar cosas personales...

–¿De verdad te resulta tan difícil hablar de ti mismo? –le preguntó Louisa, con un brillo de compasión en los ojos que lo turbó aún más.

–No, claro que no –mintió Luke–. Si tan importante es para ti, no me importa responder a unas cuantas preguntas. De hecho, también yo quiero saber muchas cosas.

La información era poder y empezaba a quedar claro que tampoco él sabía lo suficiente de Louisa di Marco o no la habría subestimado. ¿Por qué no aprovechar aquel pequeño intercambio de información?

Recuperando la confianza, Luke esbozó una sonrisa.

–Voy a hacer café. Lo tomaremos en la terraza –dijo por fin, cuando tuvo la libido bajo control–. Pero quiero dejar una cosa clara –añadió, pasándole un dedo por la mejilla–: Una vez que hayamos charlado, no habrá más evasivas. Tienes esta noche, pero después de eso serás mía. ¿De acuerdo?

–Mientras no haya perversiones, seguro que estaré dispuesta –respondió ella, mirándolo coquetamente–. Más que dispuesta.

–Define perversiones.

–Los azotes, por ejemplo. Bueno, mientras yo te los devuelva...

–Serás…

Luke iba a agarrarla, pero Louisa salió corriendo.

–¡Los azotes serán la última de tus preocupaciones! –gritó.

Pero debía admitir que ella había ganado aquel asalto.

Capítulo Nueve

–Berwick era mi padre –Luke tomó un sorbo de café–. Así fue como heredé este sitio y el título –añadió, mientras dejaba la taza sobre la mesa de la terraza.

Louisa lo miraba, perpleja. ¿Lord Berwick era su padre?

–Ah, ya veo.

No sabía qué decir. Su sinceridad la había sorprendido. No había esperado que le contase algo tan personal. Pero, por su expresión indiferente, tal vez no lo consideraba algo muy personal. Por eso le había molestado aparecer en la revista; era hijo ilegítimo y no quería que nadie lo supiera. ¿Pero por qué quería guardarlo en secreto? ¿Lo consideraba un estigma?

–No sé si lo ves –dijo él, con una nota de amargura–. A mí no me hizo gracia cuando descubrí la verdad.

–¿Por qué no? Imagino que fue una sorpresa cuando te enteraste de que te había nombrado su heredero, pero… –Louisa miró alrededor– este sitio es increíble. Supongo que te haría ilusión saber que habías heredado un título nobiliario y una finca como esta.

–Yo no quería el título y acepté la finca porque la casa estaba destrozada y restaurarla me pareció una buena inversión. Y no descubrí que Berwick era mi padre cuando murió, lo descubrí cuando murió mi madre.

–¿Cuántos años tenías entonces?

–Siete.

El corazón de Louisa se llenó de compasión.

–Lo siento mucho. Sé lo terrible que es perder a tu madre siendo tan pequeño.

Qué curioso que tuvieran algo tan doloroso en común... pero entonces se dio cuenta de que no parecía triste sino indiferente.

–¿Y tú cómo sabes lo que se siente?

–Mi madre también murió cuando yo era muy joven.

–Ah, vaya, lo siento –Luke le apretó la mano al ver que los ojos se le empañaban–, pero no tienes que llorar por mí. Afortunadamente, era muy pequeño y no recuerdo bien a mi madre.

Qué cosa tan extraña. No recordar a su madre debería haberlo hecho sufrir más, ¿no?

–¿Cómo descubriste que Berwick era tu padre?

Luke podía ver la compasión en sus ojos y tuvo que morderse los labios para contener una imprecación. Él no quería su compasión, ni la de ella ni la de nadie. Tenía que cortar esa conversación lo antes posible. Ya le había contado más que suficiente.

–En su testamento nombraba a mi padre biológico, aunque Berwick pidió una prueba de ADN para confirmarlo.

—Pero te aceptó como hijo.

Luke se encogió de hombros. Pensar en Berwick lo hacía sentir tan solo y triste como cuando era un niño.

—Berwick me trajo a Gran Bretaña y me matriculó en un buen internado.

Un sitio que él había odiado. Los húmedos pasillos, la desagradable comida, la lluvia interminable, el desprecio de los demás chicos porque era un bastardo y no sabía jugar al rugby o al críquet, las miradas de compasión de los profesores cuando tenía que quedarse en el internado durante las vacaciones porque no tenía adónde ir, la desesperada soledad.

Pero había sobrevivido. De hecho, había triunfado en la vida. En realidad, Berwick le había hecho un gran favor al rechazarlo porque su rechazo lo había convertido en el hombre que era: un hombre autosuficiente que no necesitaba a nadie.

—Recibí una educación, que era lo importante.

—¿Pero quién cuidaba de ti? ¿Quién se preocupaba por ti?

Aquello empezaba a ser demasiado profundo, demasiado personal.

—Bueno, ya hemos hablado suficiente de mí —dijo, llevándose su mano a los labios—. Ahora, háblame de ti.

—Pero yo…

—Es lo justo. Es tu turno.

Louisa dejó escapar un suspiro.

—De acuerdo. ¿Qué quieres saber de mí?

–Por qué tienes tantos problemas con la autoridad masculina, por ejemplo.

–Porque no la acepto –respondió ella–. Ningún hombre va a decirme lo que tengo que hacer.

–No has respondido a mi pregunta.

–No es ningún secreto. Mi padre es un italiano tradicional al que adoro, pero él cree que tiene derecho a dirigir mi vida solo porque es un hombre y porque es mi padre. Hemos tenido una relación difícil casi toda la vida, sobre todo tras la muerte de mi madre, pero ahora nos llevamos mejor.

–Ah, ya veo. Eso explica que seas tan independiente.

–Tengo que serlo, la vida es dura –bromeó Louisa.

Luke se levantó y tiró de ella, sujetando sus manos a la espalda. En esa postura, sus pechos se pegaban al torso masculino... y podía sentir el bulto bajo su pantalón.

–¿Se puede saber qué haces? –exclamó, tan excitada como enfadada.

Luke inclinó la cabeza para buscar sus labios y Louisa luchó unos segundos, pero después se rindió. Y cuando la tuvo rendida, él se apartó, mordiéndole el labio inferior antes de soltarla.

Tenerla entre sus brazos era más de lo que podía soportar, pero tenía que demostrar algo y pensaba hacerlo.

–Será mejor que te vayas a la cama. Recupera las fuerzas porque pienso tenerte muy ocupada mañana.

En lugar del gesto de desafío que había esperado, sus labios se curvaron en una sonrisa traviesa.

—Muy bien, Devereaux. Tú haz lo mismo, no quiero que te canses antes de tiempo.

Debería haber imaginado que no iba a poder decir la última palabra.

Riendo para sí mismo mientras la veía entrar en la casa, Luke sintió una descarga de adrenalina al pensar en lo que pasaría el día siguiente.

¿Quién hubiera imaginado que esa actitud desafiante pudiese excitarlo tanto?

Louisa torció el gesto al verse las ojeras en el espejo del baño.

—Luke, te voy a matar —murmuró.

Había estado despierta durante horas, después de un sueño erótico con un Luke Devereaux gloriosamente desnudo como protagonista. Ella era una mujer embarazada y necesitaba dormir. ¿Cómo se le había ocurrido poner esos pensamientos en su cabeza?

Pero luego sonrió. Después de los juegos de la noche anterior tampoco él habría dormido bien. Pensar eso hizo que se sintiera un poco mejor.

Entró en el dormitorio y apartó las cortinas para mirar el jardín, preguntándose qué debía hacer. En cuanto se vieran acabarían arrancándose la ropa... y aunque ya no le importaba, tenía que pensar en algo que no fueran sus enloquecidas hormonas.

No iba a ponérselo tan fácil.

Louisa decidió que lo mejor sería dar un largo paseo por el jardín, de ese modo podría pensar en la revelación que Luke le había hecho la noche anterior.

Mientras estaba en la cama, antes del amanecer, había empezado a preguntarse por el niño que había sido y el hombre en el que se había convertido. ¿Cómo sería pasar tu infancia solo, sin nadie a quien le importases de verdad?

Pensó entonces en su propia infancia. Aunque la muerte de su madre y el exagerado instinto protector de su padre la habían hecho sufrir, siempre había tenido cariño, protección, apoyo, un hogar estable.

¿Cómo habría sido para Luke crecer completamente solo en un internado?

Tal vez esa era la razón por la que se mostraba tan frío. Era una defensa, una manera de lidiar con su soledad.

Bueno, pues ya no estaba solo. En seis meses iba a ser padre y eso significaba que tendría que librarse de esa coraza y aprender a compartir sus sentimientos.

Louisa sonrió mientras abría el armario, donde su ropa había aparecido colgada como por arte de magia. Sabía que no sería fácil para Luke, pero ella lo ayudaría.

Eligió un vestido veraniego con estampado de flores y unas sandalias planas y cuando se miró al espejo tuvo que parpadear, sorprendida.

El corpiño del vestido, sujeto por dos tirantes, era más ajustado de lo que recordaba. La prenda de lino le apretaba el pecho... si seguía así, muy pronto podría competir con Pamela Anderson.

Aunque hacía calor, se puso también un cárdigan de algodón. Encontrarse con Luke llevando ese escote enviaría el mensaje equivocado.

Después de desayunar en su habitación, salió de la casa y empezó a pasear por el jardín. La señora Roberts le había dado una botella de agua mineral y un mapa hecho a mano con indicaciones para llegar al viejo molino al borde del lago. Según ella, tardaría dos horas en ir y volver y a Louisa le pareció un plan perfecto.

Diez minutos después, se detuvo para ver lo lejos que había llegado y el corazón le dio un vuelco al ver la mansión en medio del bosque.

Las flores frente a la casa eran un arcoíris de colores que suavizaba la austera piedra...

Luke había hecho un trabajo fabuloso con el diseño del jardín. Qué curioso que se hubiera convencido a sí mismo de que odiaba Havensmere, cuando era evidente que lo contrario era cierto.

Louisa volvió a tomar el camino, pero se detuvo de golpe unos segundos después. Luke estaba haciendo su hogar allí y ni siquiera lo sabía. El hogar que nunca había tenido. Pensar eso era tan dulce que se le encogió el corazón.

Mientras caminaba, escuchando el zumbido de los insectos, sintiendo el sol sobre su cabeza y oliendo el aire fresco del campo, no podía dejar de sonreír. Cuando vio el lago a lo lejos se dirigió hacia allí, sintiéndose como una niña.

La hierba de la pradera le acariciaba las piernas y el sudor le rodaba entre los pechos mientras unas maravillosas imágenes aparecían como una película en su cabeza: Luke y su hijo, de pelo castaño y ojos grises, jugando en la hierba, nadando en la piscina, recogiendo flores a la sombra de la maravillosa casa que se había convertido en un hogar.

Louisa se detuvo, intentando controlar esas fantasías.

Luke tenía mucho camino por delante antes de convertirse en un marido y padre ideal, pero los sueños eran irresistibles.

En un día tan bonito como aquel, lleno de promesas, no resultaba tan difícil creer que todo pudiera salir bien. Desde luego, había disfrutado de su compañía la noche anterior y, además, había descubierto que Luke Devereaux era mucho más de lo que pensaba.

Por fin, vio el viejo molino. El edificio estaba casi derruido, sus muros cubiertos de musgo y el suelo a su alrededor lleno de amapolas.

Se inclinó para tomar una amapola… y entonces le pareció escuchar ruido de agua. Había alguien nadando en el lago.

Las rítmicas brazadas se acercaban a la orilla y Louisa se escondió. Se quedó helada cuando una cabeza oscura salió del agua a unos metros de ella. Unas manos fuertes se agarraron a una vieja plancha de carcomida madera, que crujió mientras el nadador salía del agua con una fluida maniobra.

Louisa tuvo que ponerse una mano en la boca para no soltar una exclamación al ver que era Luke.

Desnudo.

Caminaba con la gracia de un predador, sus pisadas silenciosas, y cuando se inclinó para tomar una toalla del suelo Louisa observó la pálida piel de su trasero. Tenía unas nalgas firmes, muy masculinas...

Sus sueños le hacían justicia, desde luego.

Contuvo el aliento mientras él se pasaba la toalla por el torso y la cabeza. ¿Qué podía hacer? La vería si se daba la vuelta...

Luke se giró un poco hasta quedar de perfil mientras se secaba vigorosamente las piernas. Tenía un aspecto magnífico, como la estatua de un dios griego.

Louisa parpadeó, sorprendida, al verlo secándose sus partes. El corazón le latía con tal fuerza que le sorprendía que él no pudiese escucharlo.

Cuando Luke se ató la toalla a la cintura, escondiendo aquel portento, un gemido de protesta escapó de su garganta sin que pudiese evitarlo.

Entonces él giró la cabeza y unos magnéticos ojos de plata se clavaron en su rostro.

Todo en ella empezó a latir al mismo ritmo que su alocado corazón.

Luke esbozó una sonrisa y la potente mezcla de burla y sensualidad detonó una reacción nuclear.

–Hola, Louisa –la saludó, como si se hubieran encontrado en una calle de Londres.

–Estabas desnudo –dijo ella tontamente.

Luke se acercó y Louisa dio un paso atrás, su retirada interrumpida por la pared del molino. Las fantasías eróticas estaban muy bien, pero hacerlas realidad no entraba en sus planes.

Se sentía atrapada entre la espada y la pared. Literalmente.

–Estaba dando un paseo –empezó a decir.

Luke se detuvo frente a ella y Louisa clavó los ojos en su torso para no mirarlo a los ojos.

–Ya.

–O, más bien, estaba dando un paseo hasta que te vi.

Sin pensar, siguió con la mirada la línea de vello oscuro que bajaba por su abdomen y se dividía en el ombligo… y luego lo miró a los ojos, tragando saliva. Era más hermoso desnudo de lo que hubiera podido imaginar.

–Mira todo lo que quieras –dijo él, inclinando a un lado la cabeza– pero yo estoy desnudo y lo más justo sería que tú también te desnudases.

Louisa tosió, riendo tontamente mientras buscaba una réplica burlona.

–¿Quién ha dicho que tenga que ser justa?

El corpiño del vestido estaba tan apretado que parecía un corsé de ballenas.

–En ese caso, tendré que convencerte –dijo él, apoyándole un brazo en la cabeza–. ¿No tienes calor?

Ella tragó saliva.

—El agua está increíblemente fresca —siguió Luke, esbozando una sonrisa diabólica—. Es muy estimulante.

Empezó a acariciarle el cuello, bajando una de las tiras del vestido...

—Si voy a desnudarme, se me ocurre algo más interesante que un baño —dijo Louisa entonces.

—¿De verdad? —Luke seguía deslizando los dedos por su escote.

Ella contuvo el aliento cuando empezó a acariciar sus pechos, como comprobando su peso. Y cuando rozó uno de sus pezones con el pulgar tuvo que disimular un suspiro.

Luke se inclinó hacia delante, unas gotas de agua le caían por el escote…

—Para que lo sepas: una vez que empecemos, no voy a parar. Así que será mejor que esta vez estés preparada.

Sus labios eran deliciosamente frescos mientras le besaba el pulso que le latía en el cuello.

—Luke… —empezó a decir Louisa, echando la cabeza hacia atrás para ponérselo más fácil y agarrándose a la aterciopelada piel de su cintura—. Para que lo sepas: si empiezas y luego paras, tendré que matarte.

Él rio mientras bajaba las tiras del vestido.

—Parece que por fin estamos de acuerdo en algo.

Louisa se echó hacia atrás, sujetando el corpiño mientras intentaba encontrar algo de cordura.

–Pero no podemos quedarnos aquí. ¿Y si nos ve alguien?

Luke seguía atormentándola con sus caricias.

–Aquí no hay nadie más que nosotros, te lo prometo.

Cuando buscó sus labios, su lengua exigiendo entrada, cualquier pensamiento racional desapareció de su cabeza. Tener relaciones sexuales en medio del campo podía ser arriesgado, pero en ese momento no se le ocurría nada mejor.

Louisa tembló cuando Luke le levantó el vestido. Pero cuando tiró del elástico de sus braguitas se apretó contra su mano para dejar claro que no iba a echarse atrás.

–Llevas demasiada ropa –dijo él, tirando hacia abajo del corpiño.

Y Louisa lo ayudó a quitarse la estrecha prenda, sin importarle que los viera todo el mundo. Quería que la tocase, quería explorar cada centímetro de su piel.

Luke se quitó la húmeda toalla para dejarla sobre la hierba. Estaba erecto y era magnífico y aterrador al mismo tiempo. Tanto que no tuvo que tocarla para que sintiera un río de lava entre las piernas.

Luke se tumbó en la toalla y tiró de ella, abrazándola entre las flores.

–Sigues llevando demasiada ropa –murmuró, mientras le quitaba las braguitas.

El sujetador siguió a las braguitas y Louisa contuvo el aliento cuando sus pechos quedaron libres del encaje y la ligera brisa le acarició la piel desnuda.

–Necesitas una talla mayor –murmuró Luke, acariciando las marcas rojas que el sujetador le había dejado en la piel–. Vamos a besarlas para que no te molesten.

Louisa enredó los dedos en su pelo mientras él le lamía las marcas, pero contuvo el aliento cuando tomó un pezón con los labios y tiró suavemente. Tuvo que apretar las piernas, intentando contener aquel incendio incontrolable, mientras hacía lo mismo con el otro pecho.

Luke le pasó una mano por el abdomen, acariciándolo.

–El embarazo te sienta bien. Puede que te tenga embarazada toda la vida.

El posesivo comentario hizo que el corazón le diese un vuelco. ¿Qué había querido decir con eso?

Pero entonces Luke bajó más la mano y dejó de pensar.

–Abre las piernas –susurró, acariciando el suave triángulo de rizos.

De nuevo, ella obedeció sin protestar, sujetándose a él mientras la acariciaba con la yema del pulgar. Sin pensar, levantó las caderas para apretarse contra su mano…

Era increíble. ¿Cómo podía estar ya tan cerca del orgasmo? Un roce más y estaría allí.

Pero Luke dejó de acariciarla abruptamente.

Sujetando sus caderas, levantó la pelvis y empujó suavemente hasta que su pene se enterró en ella. Louisa gimió, agarrándose a sus hombros mientras la ensanchaba brutalmente, el placer esfumándose.

—Espera un momento… —empezó a decir, sorprendida por la invasión.

Luke le dio un beso en los labios.

—Tranquila, pronto te gustará —murmuró, con la arrogancia de un hombre que sabía lo que hacía.

—En mis fantasías eras más agradable —protestó ella.

Luke rio, pero podía notar la tensión en esa risa. Y supo que estaba conteniéndose, esperando que se acostumbrase a la invasión.

Suspirando, le deslizó las manos por la espalda. Le encantaba tocar su piel, las firmes nalgas…

Deslizando una mano bajo su trasero, Luke empezó a moverse de nuevo y el ligero dolor desapareció a medida que se adaptaba a su ritmo. Pero estaba lejos del glorioso placer que había sentido unos momentos antes.

—Eso me gusta… —susurró—. Si puedes seguir así durante una hora o dos, puede que funcione.

Luke soltó una ronca risotada.

—Dale un par de orgasmos y de repente se vuelve una experta. ¿No podrías fingir?

—De eso nada. No pienso volver a fingir —sabía que no tendría que volver a hacerlo.

—Vamos a probar otra postura. Está claro que aún no hemos encontrado la que te gusta.

Luke se tumbó de espaldas, llevándola con él y, de repente, lo sintió hasta el fondo. Louisa gimió mientras intentaba adaptarse a esa nueva sensación, pero cuando empujó hacia arriba...

Se vio sacudida por un escalofrío de placer tan intenso que pensó que iba a desmayarse.

–Eso está mejor –dijo él.

El placer se intensificó cuando deslizó una mano hacia abajo para frotar su centro con el pulgar. Una caricia, una embestida y Louisa cayó por el borde del precipicio, gritando de placer.

Un sollozo escapó de su garganta, pero intentó recuperar el aliento mientras Luke seguía sujetando sus caderas, moviéndose arriba y abajo, forzándolos a otro titánico orgasmo.

Cayó sobre su torso, deshecha, y lo oyó gritar su nombre mientras se vaciaba dentro de ella.

Podía escuchar el zumbido de los insectos, el sonido de su respiración. El vello del torso masculino acariciaba sus pechos mientras sentía las últimas coletadas del orgasmo.

Nunca se había sentido más exhausta ni más feliz en toda su vida. Creía que ya le había enseñado lo maravilloso que podía ser el sexo, pero la primera noche no podía ni compararse con lo que acababa de experimentar.

Luke le apartó el pelo de la cara en un gesto cargado de ternura.

–¿Qué tal? ¿Cuántos puntos me das?

–No sé... –Louisa estaba agotada, pero hizo un esfuerzo para apoyar las manos en la hierba y estudiarlo a la sombra del molino. Enmarcado por las flores, su anguloso rostro era más hermoso que nunca.

El príncipe azul no podía compararse con él.

–Tendrás que volver a hacerlo para que pueda puntuarlo.

–Eres muy mala. Vamos a morir si volvemos a hacerlo tan pronto.

Ella rio, escuchando el insistente latido de su corazón.

Y así, de repente, se dio cuenta de que estaba enamorada.

Abrió los ojos de golpe, estupefacta.

Qué bobada, ella no podía estar enamorada de Luke Devereaux. Sería absurdo y la colocaría en desventaja.

Aquello no era amor, no podía serlo. Solo eran las endorfinas, las hormonas, lo que fuera.

No iba a cometer el error de confundir el sexo con el amor como una adolescente…

Un azote en el trasero la devolvió a la realidad.

–¡Ay!

–No te duermas –dijo Luke, tirando de su mano.

–¿Qué haces?

–Vamos a nadar un rato en el lago y luego volveremos a casa.

–¿Por qué? Se está bien aquí.

–Por el momento, hemos hecho el amor contra la pared y en medio del campo. Es hora de que lo hagamos en una cama.

Luke tomó su mano para llevarla al borde del

lago, pero cuando se dio cuenta de lo que quería Louisa clavó los talones en la hierba.

–No, de eso nada. No me apetece nadar en el lago.

Riendo, él la tomó en brazos.

–¿Por qué no?

–Porque el agua estará helada.

–El agua está estupenda. Además, no es muy profundo.

–Pero estoy embarazada –insistió ella–. La impresión podría dañar al bebé.

–Tonterías, al bebé no le pasará nada. Está tan sano como tú –dijo Luke, antes de lanzarse al agua con ella en brazos.

Louisa gritó, pero con los nervios olvidó cerrar la boca y se tragó la mitad del lago.

Capítulo Diez

–Vamos, Bella Durmiente, hora de despertar. El desayuno está aquí –murmuró Luke, besándola.

–Vete, estoy dormida –murmuró Louisa, con la cara enterrada en la almohada, disfrutando del fresco olor de las sábanas limpias y los últimos vestigios de un sueño erótico.

–No me obligues a hacerlo –le advirtió él, el roce de su aliento en el cuello haciéndola sentir un escalofrío.

–Déjame… –Louisa intentó apartarlo, sin abrir los ojos.

–Ah, muy bien, entonces me veo obligado a hacerlo.

El colchón se hundió y, de repente, estaba en sus brazos. Louisa intentó cubrir su desnudez con la sábana y apartarse el pelo de la cara mientras Luke la llevaba hacia la mesa.

–No servirá de nada, no tengo apetito.

–Tonterías, estás muerta de hambre. Siempre lo estás –dijo él, riendo mientras la dejaba sobre la silla.

–No pienso desayunar desnuda –insistió Louisa.

Cuando la sábana se deslizó por su pecho, Luke estuvo a punto de llevarla de nuevo a la cama.

–Sí vas a hacerlo –replicó, con una sonrisa.

Ella dejó escapar un suspiro de rendición cuando levantó la tapa de una bandeja y vio un delicioso y auténtico desayuno inglés.

–No hay derecho –protestó.

–Se siente –dijo Luke, mientras le servía un zumo de naranja recién exprimido. Se acercó a abrir las cortinas.

El corazón a Louisa le dio un vuelco al verlo iluminado por el sol. Aquel hombre había recibido todos los dones de las hadas. Con esos labios sensuales, los pómulos altos y la sombra de barba era sencillamente irresistible.

De nuevo, experimentó esa familiar sensación en el pecho, la que llevaba sintiendo desde su encuentro en el lago. En esos largos días de verano habían discutido de todo, desde política a qué lado de la cama preferían para dormir. Habían flirteado sin parar, ganado y perdido asaltos y, sobre todo, habían hecho el amor tantas veces que no podía contarlas.

Y Louisa, que había adorado cada minuto, tomó el tenedor sonriendo para sí misma. No tenía sentido seguir engañándose: estaba desesperadamente enamorada de aquel hombre.

Luke se sentó frente a ella y la miró con el ceño fruncido.

–Come, antes de que se enfríe.

O más bien estaba desesperadamente enamorada de aquel tirano.

–Ya voy, no seas pesado. Y no te pongas histérico.

Muy bien, había sido una idiota y se había enamorado de él, pero al menos conocía sus fallos. No era el romántico príncipe azul sino un hombre de carne y hueso, con defectos como todos los demás. Y con un serio problema de actitud.

Vivir con él no sería fácil, pero en los últimos tres días había descubierto que bajo esa fachada dura y antipática había un hombre con un fiero sentido de la responsabilidad y un gran sentido del humor. Y el más generoso de los amantes.

Además, no debía temer nada porque tenía un plan que no podía fracasar. Para no estar a su merced, esperaría que él le declarase su amor. Y tenía la intuición de que estaba a punto de hacerlo.

En los últimos días había demostrado que le importaba, que la necesitaba incluso. ¿Por qué si no le llevaría el desayuno a la cama? ¿Por qué insistiría tanto en que debía cuidarse? ¿Por qué la llevaría a dar largos paseos por el jardín, apretando su mano? ¿Y por qué la abrazaba como si fuera la única persona que le importaba en el mundo?

Seguramente Luke no sabía lo que le estaba pasando. Por culpa de los mecanismos de defensa adquiridos durante su infancia aquel era un terreno desconocido, pero ella podía ser paciente, especialmente cuando la espera era tan divertida.

Solo había una mosca en la sopa: hablaba de su matrimonio, pero no parecía querer hablar del futuro o del bebé. Claro que no le preocupaba demasiado. La mayoría de los hombres no hablaban de sus sentimientos a menos que los presionaras.

Y tal vez era el momento de empezar a presionarlo.

—¿Sabes una cosa, Luke? —le preguntó, tomando el cuchillo de la mantequilla—. Vas a tener que aprender a controlar esas tendencias cavernícolas tuyas antes de que llegue tu hija o tendremos serios problemas. A las niñas no les gusta que les den órdenes. Créeme, yo lo sé muy bien.

Esperó que Luke mordiese el cebo, pero su reacción fue quedarse inmóvil.

—Tú has sobrevivido —dijo por fin. Pero el humor de un momento antes había desaparecido.

Louisa frunció el ceño.

—Solo cuando mi padre aprendió a…

—¿Podemos hablar de otra cosa? —la interrumpió él.

Ella dejó el cuchillo sobre el plato. El asunto no había ido como esperaba. Había mencionado al bebé el día anterior y Luke también había cambiado sutilmente de tema. En aquella ocasión, ni siquiera había sido sutil.

Estaba claro que presionarlo no iba a ser suficiente.

—¿Por qué no quieres hablar del bebé? —le preguntó.

—Porque aún faltan seis meses para que nazca, no hay nada que hablar.

—Salvo cuando tú hablas de casarte conmigo. Entonces sí te interesa hablar del bebé.

—Ya te he dicho por qué no quiero hablar de eso ahora. Es demasiado pronto.

–Hay muchas cosas que hablar sobre el bebé –dijo Louisa.

Luke enarcó una ceja.

–¿Por ejemplo?

¿Estaba siendo deliberadamente obtuso?

–El nombre. ¿Cómo vamos a llamarlo? El nombre de un niño es muy importante…

–No tengo ninguna preferencia. Lo que tú decidas me parecerá bien –la interrumpió Luke. Lo había dicho con tal indiferencia que Louisa empezó a asustarse–. Mientras no sea Elvis.

Estaba intentando hacerse el gracioso, pero ella no tenía ganas de reír.

–¿Y las clases de preparación al parto? ¿Quieres estar en el parto, por cierto?

Él dejó escapar un suspiro.

–No lo sé.

Pero Louisa veía la respuesta en sus ojos y era negativa.

–Empiezas a asustarme. ¿Tienes algún problema con el bebé?

Luke tragó saliva. ¿Por qué tenían que hablar de aquello? Había mucho tiempo. Todo había ido bien en los últimos días. Louisa había demostrado ser más interesante que ninguna otra mujer que hubiese conocido. Su humor irreverente y su inteligencia la convertían en una oponente entretenida y había reído más en los últimos días que desde que era un niño. Y el sexo era increíble, más satisfactorio que nunca. Él era un amante exigente y, sin embargo, no se cansaba de ella.

Pero no podía dejar que Louisa o el bebé significasen demasiado. Él sabía lo que era depender de otros y no pensaba volver a pasar por eso.

–Relájate, cariño. Claro que no tengo ningún problema con el bebé.

Se había ofrecido a casarse con ella, ¿no? ¿Qué más quería?

–¿Entonces?

–Es que no creo que se me dé bien el día a día. Seguro que tú lo harás muy bien sin mí.

–¿Sin ti? –repitió Louisa, atónita.

Ya no parecía sorprendida sino horrorizada y Luke tuvo que contener el deseo de retirar sus palabras y pedir disculpas.

Su relación tenía unos límites y aquel era uno de ellos. Louisa tenía que entenderlo.

¿Pero por qué la idea de contarle la verdad de repente lo hacía sentir tan vacío?

Luke intentó recuperar la serenidad que lo había sostenido en el pasado. Tenía que poner límites a su relación antes de que todo se complicase aún más.

–Estoy seguro de que serás una buena madre, Louisa. No me necesitarás para nada –le dijo. Pero pronunciar esas palabras le costó mucho más de lo que había esperado.

Ella lo miraba, intentando disimular el escalofrío que la recorría entera. ¿No pensaba hacer ningún papel en la vida de su hijo?

Entonces, ¿por qué la había llevado allí? ¿Por qué tanto interés en casarse con ella?

Pero la expresión de Luke era indescifrable. Parecía como si estuviera a kilómetros de allí... tanto que casi no lo reconocía.

¿Dónde estaba el hombre que la abrazaba tiernamente, el que la hacía reír, el que le hacía el amor? ¿Dónde estaba el hombre que se había gastado una fortuna en convertir Havensmere en un hogar?

¿Dónde estaba el hombre del que se había enamorado? El hombre que había pensado querría a su hijo.

—Pues claro que te necesitaré —dijo por fin, incrédula—. ¿Cómo puedes decir eso?

—Porque sé que tengo razón.

—Me has pedido que me case contigo... ¿por qué insistes en casarte si no quieres saber nada de la vida de tu hijo?

—Yo no he dicho que no quiera saber nada de su vida...

—Has dicho que esperas que yo me encargue de todo.

—No veo cuál es el problema —dijo Luke, a la defensiva.

—Pero si nos casáramos viviríamos juntos. ¿Qué piensas, hacer como si el niño no existiera?

Él pareció pensarlo un momento.

—Sí, bueno, tal vez tengas razón. Vivir juntos seguramente no sería buena idea.

—¿Qué?

—Iría a visitaros a menudo, por supuesto. Y pienso comprar una casa para el niño y para ti, pero tienes razón, la convivencia confundiría las cosas. Especialmente cuando haya nacido el niño.

–¿Confundir las cosas?

¿No quería vivir con ellos? ¿Se habría equivocado sobre sus intenciones hacia ella y el niño?

–Es mejor que vivamos por separado.

–¿Qué estás diciendo? ¿Quieres que sea tu amante?

–¿Cómo ibas a ser mi amante si estuviéramos casados?

–¿Por qué quieres casarte conmigo si no quieres que vivamos juntos? –le preguntó ella, con lágrimas en los ojos.

–Louisa, por favor, no llores. Tú sabes por qué te pedí que te casaras conmigo. No quiero que mi hijo sea ilegítimo.

Ella tuvo que tragarse un sollozo. Había sido una tonta, otra vez. Luke no la quería en absoluto. Y, mucho peor que eso, tampoco quería a su hijo. Su interés era puramente egoísta.

Se levantó de la silla cubriéndose con la sábana, el dolor que sentía tan profundo y devastador que apenas podía soportarlo.

–Tengo que irme… a casa –murmuró mientras se dirigía al baño.

Había dado menos de dos pasos cuando Luke la tomó del brazo.

–¿Qué te pasa?

–No me toques –le espetó Louisa.

–Muy bien, de acuerdo –dijo él, apartando la mano–. No te tocaré mientras me digas por qué

141

pareces tan dolida. ¿Es que no ves que es la mejor solución para todos?

Ella se secó las lágrimas de un manotazo, decidida a no mostrar debilidad. Pero entonces se le ocurrió algo terrible...

—¿Por qué te has acostado conmigo, Luke?

Él frunció el ceño, sorprendido.

—Tú sabes por qué.

—No, la verdad es que no lo sé. ¿Lo has hecho porque me deseabas o porque has pensado que era una buena manera de convencerme para que aceptase el falso matrimonio que planeabas?

—Nuestro matrimonio será un matrimonio legal —Luke la atrajo hacia su pecho—. Y pienso ejercitar mis derechos conyugales...

Louisa se apartó de un tirón.

—No vas a ejercitar nada. Nuestro matrimonio sería falso porque no nos queremos. No hay futuro para nosotros.

Luke dio un paso atrás como si lo hubiera abofeteado, pero luego esbozó una sonrisa.

—¿Qué tiene que ver el amor con esto? Estamos hablando de un embarazo no deseado y de dos personas que se sienten atraídas la una por la otra. Yo no estoy buscando amor y tú tampoco.

—Desgraciadamente, ahí te equivocas —dijo Louisa—. Yo sí estoy buscando amor, pero tú... todo esto es un juego para ti, ¿verdad?

Lo veía con toda claridad. Luke había usado sus sentimientos contra ella. Había utilizado su romántico corazón y ella había dejado que lo hiciera.

–Siempre tienes que ganar, ¿verdad? Como sea, pero tienes que ganar.

–Eso no es verdad –replicó él, después de aclararse la garganta–. Yo no te he engañado. He jugado limpio contigo, eres tú quien intenta convertir esto en algo que no es.

Las palabras sonaban falsas incluso a sus propios oídos.

–Tienes razón –asintió ella, con tono resignado–. Nunca has dicho que quisieras algo más. El problema es que yo dejé de jugar hace unos días, cuando cometí el error de enamorarme de ti.

Luke apretó los labios. No era la primera mujer que decía que lo quería, pero las palabras que había usado en otras ocasiones para desanimar cualquier declaración de amor no salían de su boca. Debería decir que la palabra amor no significaba nada para él, que no lo necesitaba, que se había asegurado de no necesitarlo, pero tenía un nudo en la garganta. Un nudo que empezaba a estrangularlo.

–La ironía es que tú seguías jugando sin saber que ya habías ganado –dijo Louisa. Y luego, con la elegancia de una reina, se dio la vuelta–. Pediré un taxi para que me lleve a la estación –añadió, mientras abría la puerta del baño–. Es mejor que no volvamos a vernos.

Luke sintió pánico cuando la puerta se cerró y oyó que pasaba el cerrojo. No quería que se fuera, pero esa desesperación le llevó un recuerdo amargo de la infancia…

Miraba en silencio a Berwick en su estudio, asustado, los pies colgando en la enorme silla, sudando bajo la camiseta de Spiderman.

«Por favor, que me quiera», escuchó un susurro en su mente.

Pero entonces Berwick gritó:

—¡Mírame, chico!

Y Luke levantó la cabeza para ver el desprecio en los fríos ojos grises de su padre.

Cortó el recuerdo en seco, decidido a no dejar que ese sentimiento de impotencia lo envolviese de nuevo.

¿Cómo se atrevía Louisa a hacerle aquello? ¿Cómo se atrevía a hacerle sentir cosas que no quería sentir, a necesitar algo que no quería necesitar?

Furioso, golpeó la puerta con el puño.

—¡No vas a ir a ningún sitio! —gritó—. Vístete y después te espero en mi estudio. Allí hablaremos tranquilamente.

Luke guardó la raqueta de squash y cerró la taquilla de un portazo.

—Oye, no te lo tomes tan mal —bromeó Jack, entrando en el vestuario del exclusivo gimnasio de Mayfair—; no se puede ganar siempre.

Ya, pero él no había ganado un partido en dos semanas.

—Perdona.

—No pasa nada, es que no estás en forma —siguió Jack.

Luke respiró profundamente, pasándose una mano por el cuello. Tenía que calmarse, pensó. Estaba portándose como un crío con una pataleta. Jack iba a pensar que se había vuelto loco.

–Me estoy portando como un idiota –murmuró, intentando sonreír–. Te pido disculpas.

Se quitó la camiseta empapada para guardarla en la bolsa de deporte, con un dolor de cabeza de proporciones gigantescas.

No era solo la capacidad atlética lo que lo había desertado en las últimas semanas. Estaba distraído todo el tiempo y ni siquiera era capaz de concentrarse en el trabajo. Después de cometer un error de novato el día anterior, había tenido que ver, impotente, cómo perdía doscientas mil libras en cinco minutos.

Jack levantó la mirada.

–Tranquilo, hombre ¿Quieres que comamos juntos?

–Sí, claro –asintió Luke, sintiéndose como un tonto mientras veía a su amigo desaparecer en la ducha.

Sabía perfectamente lo que le estaba pasando y cuándo había ocurrido: cuando Louisa di Marco apareció en su vida como un huracán, destrozándolo todo a su paso. Esa mujer era un desastre natural y esperaba que estuviese contenta consigo misma.

Aún no podía creer que lo hubiese dejado después de decir que estaba enamorada de él. Si lo amase, habría ido al estudio cómo él le había pedido, no se habría marchado de Havensmere sin decirle adiós.

La furia que sentía desde que descubrió que se había ido hacía que le temblasen las manos mientras se desabrochaba los cordones de las zapatillas.

¿Por qué iba a ir tras ella? Era Louisa quien hablaba de amor, era ella la que tenía que entrar en razón. Él había cumplido con su obligación ofreciéndole matrimonio y apoyo económico para su hijo, pero Louisa le había tirado la oferta a la cara.

Y a medida que pasaban los días sin saber nada de ella, la impotencia se lo comía vivo. Era una irresponsable, lo necesitaba. ¿Por qué no se daba cuenta?

¿Cómo iba a criar al bebé en ese apartamento diminuto? ¿Qué iba a hacer cuando tuviese que volver a trabajar?

Él no quería que a su hijo le faltase nada y la situación era completamente intolerable. ¿Por qué tenía que llegar a un compromiso con el que no se sentía cómodo?

Luke entró en la ducha y abrió el grifo, el agua fría golpeándolo en la cara.

Podía oír a Jack cantando al otro lado… Jack siempre cantaba en la ducha y eso solía hacerle gracia. ¿Cómo podía un hombre ser tan feliz con tantas cargas, tanta gente dependiendo de él?

Jack Devlin tenía una mujer, Mel, esperándolo en casa cada noche. Jack tenía un niño pequeño, Cal, que levantaba las manitas al verlo. Jack tenía una niña con los ojos más azules que había visto

146

nunca, Elle, que corría para echarse en sus brazos y lo llamaba papá con todo el cariño del mundo.

¿Y qué tenía él?

Su soledad. Eso era lo que tenía.

Pero también tenía su independencia, su orgullo y su autocontrol. Ese pensamiento solía ir acompañado de una gran satisfacción, pero Luke no lograba encontrarla.

Porque solo tenía un ático al que volver y una mansión palaciega que le parecía insoportablemente vacía desde que Louisa se marchó.

Cuando salió de la ducha, Jack estaba peinándose, ya vestido.

–Qué mala cara tienes.

Luke tiró la toalla para ponerse unos calzoncillos limpios.

–Gracias.

Luke no se había sentido tan aislado o tan confuso desde que tenía siete años y un policía apareció en el apartamento de su niñera para decirle que no volvería a ver a su madre.

–¿Quieres contarme algo? –le preguntó Jack, mirándolo con cara de preocupación.

–No, estoy bien.

Las palabras salieron de su boca automáticamente, hablar de sus sentimientos hacía que se sintiera como un crío. Louisa lo había hecho hablar de sus sentimientos y luego lo había dejado plantado, de modo que no servía para nada.

–Tu mal humor no tendrá nada que ver con el problema de Louisa, ¿verdad?

Luke levantó la cabeza. No sabía de qué estaba hablando, pero se le había encogido el estómago de repente.

–¿Qué problema?

Jack le dio un golpecito en el hombro.

–Tranquilo, hombre. Mel y yo tuvimos un susto similar cuando estaba embarazada de Cal. Ocurre todo el tiempo. Aunque me sorprende que no estés con ella sabiendo lo preocupada que está.

–¿De qué hablas? –preguntó Luke, con un nudo en la garganta.

–¿No lo sabes? Louisa acudió a su ginecólogo ayer y no fueron capaces de encontrar el latido del bebé.

Luke pensó que el corazón se le había detenido.

–¿Qué dices, le ha pasado algo al bebé?

–No, no, deja que te explique –el tono razonable de su amigo y el peso de su mano sobre el hombro no lograban calmar la oleada de pánico–. Según el ginecólogo, el aparato ha estado haciendo cosas raras últimamente y le ha recomendado que vaya al hospital para confirmar que todo va bien. Él no está preocupado, así que tampoco deberías estarlo tú.

Luke se puso los zapatos a toda prisa, tan nervioso que no era capaz de atarse los cordones.

–¿Qué hospital? ¿A qué hora le hacen la prueba?

–Creo que esta tarde, pero no sé a qué hora ni en qué hospital.

–¿Puedes llamar a Mel? ¿Lo sabe ella? –preguntó Luke, dispuesto a suplicar si hacía falta.

–Probablemente. Espera, voy a llamarla… –Jack sacó el móvil del bolsillo.

Tardó cinco largos minutos en averiguar en qué hospital estaba Louisa y a qué hora le hacían la prueba. Cinco minutos que a él le parecieron interminables.

Luke terminó de vestirse en unos segundos, airado y resentido. Louisa no se había molestado en llamarlo por teléfono. ¿Por qué no se lo había dicho? Tenía derecho a saberlo y, sin embargo, no se había molestado en informarle de la situación.

Además, ella lo necesitaba en ese momento. Estaba claro que no tenía sentido común cuando se trataba de cuidar de sí misma y de su hijo.

Cuando se hubiera asegurado de que todo iba bien, iba a darle una seria charla al respecto. Y después no iba a apartarse ni un segundo de ella y de su hijo.

Louisa exhaló un suspiro mientras descendía los escalones del hospital, los tacones de sus zapatos repiqueteando sobre el pavimento. El cansancio empezaba a caer sobre ella como una niebla impenetrable.

Había estado despierta hasta el amanecer, imaginando los posibles resultados de la prueba, cada uno más aterrador que el siguiente, y en aquel momento lo único que quería era dormir durante una semana.

Tenía que darle la noticia a Mel, pero estaba de-

149

masiado cansada para hablar con su amiga, algo que no le había pasado nunca, de modo que le enviaría un mensaje.

Estaba buscando el móvil en el bolso cuando el chirrido de unos neumáticos hizo que levantase la cabeza...

Frente a ella vio un deportivo negro y, un segundo después, al último hombre al que había esperado ver. Alto, guapísimo y dominante como siempre.

–¿Ya te has hecho la prueba? –le preguntó Luke.

–¿Qué haces aquí?

Él la tomo del brazo.

–¿Estás bien? ¿El niño está bien?

–¿Qué te importa a ti? –replicó Louisa, intentando soltarse. No quería que la tocase, pero tenía tan pocas fuerzas.

–Responde a mi pregunta: ¿qué ha dicho el médico?

–Todo va bien –respondió ella por fin, resentida.

¿Por qué aparecía allí de repente?

–¿Estás segura? –insistió Luke.

¿Le temblaba la voz o era su imaginación?

–Sí, estoy segura, así que ya puedes irte –Louisa se soltó de un tirón, pero solo había dado dos pasos cuando lo oyó gritar:

–Espera un momento, tenemos que hablar.

–No tenemos nada de que hablar –respondió, sin dejar de caminar. Tenía que alejarse de él. Si se ponía a llorar, nunca se lo perdonaría a sí misma.

De repente, Luke se interpuso en su camino.

–¿Por qué no me has llamado por teléfono? ¿Por qué no me has dicho que había un problema?

–¿Por qué iba a decirte nada? Tú no quieres saber nada del niño ni de mí.

Él frunció el ceño.

–Yo nunca he dicho eso. El niño también es hijo mío.

Louisa notó el pánico en su voz, vio la preocupación en sus ojos y tuvo que hacerse la fuerte. Solo era una reacción instintiva. Se sentía culpable por su sentido de la responsabilidad, pero el sentido de la responsabilidad no era amor. Ella no necesitaba su protección o su caridad, y tampoco su hijo.

–No es hijo tuyo, ya no. Es mío y yo cuidaré de él, así que puedes dejar de preocuparte.

Luke se quedó tan sorprendido que no podía hablar. Su alivio al saber que el bebé estaba bien reemplazado por una sensación de pánico al ver que Louisa parecía resignada. ¿Dónde estaba su espíritu luchador? ¿Dónde estaba esa naturaleza combatida que tanto admiraba? ¿Por qué parecía tan triste, tan cansada?

–Pues claro que me necesitas. ¿Cómo vas a criar al niño en ese apartamento tan pequeño? El niño será un bastardo…

–Por favor, que término tan anticuado.

–Los niños cuestan dinero, mucho dinero –siguió él, tomándola del brazo–. ¿Lo has pensado? Me necesitas, y el niño me necesita también.

—Suéltame —dijo ella entonces.

Avergonzado, Luke obedeció, sintiéndose como un matón.

—Te necesitaba anoche, mientras estaba muerta de miedo porque no sabía cuál iba a ser el resultado de la prueba. Pensé que el bebé había muerto —siguió Louisa. El pánico que había en sus ojos era tan profundo que la vergüenza lo ahogaba—. Necesitaba que me abrazases, que apretases mi mano, que me dijeras que era tonta y no iba a pasar nada. Pero no estabas allí porque tú habías decidido no estar. Y ahora es demasiado tarde.

La desesperación se apoderó de Luke.

—No es demasiado tarde. Tú dijiste que me querías —le espetó—. Si de verdad me quieres, dame otra oportunidad.

—¿Otra oportunidad para qué? ¿Otra oportunidad para tener una aventura que terminará antes de que nazca el niño? No, lo siento, no lo acepto. Ni para mí ni para mi hijo.

—Podemos vivir juntos si eso es lo que quieres.

En lugar de aceptar la ramita de olivo que le ofrecía, Louisa la cortó de raíz.

—No quiero que me ofrezcas una casa, no la necesito. Te dije que te quería y te reíste de mí. Quería que compartiésemos a nuestro hijo, que fueras un padre de verdad, pero tampoco querías eso.

La compasión que había en sus ojos despertó un sentimiento de ineptitud que Luke pensaba haber conquistado muchos años atrás.

—No lo entiendes —empezó a decir, con voz es-

152

trangulada–. No es que yo no desee quererte, no es que no desee ser un padre para nuestro hijo, es que no puedo… –algo en su interior se rompió entonces, dejando el mismo agujero de desesperación y dolor que había sufrido durante su infancia– es que no puedo quererte.

Louisa lo miraba, sorprendida por el temblor en su voz, por el brillo de dolor en sus ojos. ¿Sería posible que hubiera estado equivocada acerca de él? ¿Qué Luke controlase sus sentimientos e intentase controlar los suyos en un errado intento de protegerla?

–¿Por qué no puedes querernos?

Él se metió las manos en los bolsillos del pantalón, inclinando los hombros hacia delante.

–Da igual.

–No, no da igual. A mí me importa. ¿Esto tiene algo que ver con tu padre?

Luke levantó la cabeza bruscamente y, antes de que pudiese esconderlo, Louisa vio un brillo de vulnerabilidad en sus ojos.

No se había equivocado, el rechazo de su padre le había dolido en el alma. ¿Pero por qué le había dejado una cicatriz de por vida?

–No puedo hablar de esto en plena calle… además, no es relevante.

–Estamos muy cerca del parque. Allí podremos hablar tranquilamente.

A regañadientes, Luke asintió con la cabeza.

–¿Qué paso con tu padre, Luke?

Luke exhaló un suspiro.

–Cuando le pregunté si de verdad era su hijo, él me dio una bofetada.

Louisa se llevó una mano al corazón. Él miraba el suelo, absorto en los recuerdos.

–Me dijo que no era nada para él más que un inconveniente y que si le contaba a alguien que era su hijo me dejaría en la calle, sin un céntimo. Cambió de idea cuando se hizo mayor y se dio cuenta de que nunca iba a tener más hijos, pero para entonces yo ya no necesitaba su dinero.

–Por eso no querías reconocer públicamente tu relación con Berwick, porque él no te reconoció en vida.

Luke asintió con la cabeza.

–Yo lo despreciaba y sigo despreciándolo, pero nada de eso tiene que ver con nuestra relación...

–Te hizo mucho daño –lo interrumpió ella–. Te hizo pensar que no importabas, que no eras nadie. ¿No te das cuenta de que cerrando tu corazón permites que Berwick gane otra vez? Te has convencido a ti mismo de que no puedes amar a nadie... tuviste que hacer eso cuando eras un niño, pero ya no. Yo te he ofrecido mi amor, ¿por qué no lo aceptas?

–Porque no sería justo –respondió él, pasándose las manos por el pelo–. Tú eres una romántica, Louisa. Crees que tu amor lo solucionaría todo, pero no es así.

–¿Por qué no?

–Yo sería un padre terrible. Quiero mantener al niño y darle todo lo que yo no tuve, pero no podré quererlo como no puedo amarte a ti. No puedo sentir eso por nadie. Algo murió dentro de mí ese día, pero lo maté yo, no Berwick.

Los ojos de Louisa se llenaron de lágrimas al notar el dolor que había en su voz, al ver el tormento en sus ojos.

–Tú no has matado nada y tu padre tampoco, por mucho que lo intentase. No vas a ser un padre horrible sino un padre maravilloso precisamente porque tú no lo tuviste. Y cuando dejes de pensar que el amor es esa cosa aterradora que tú no puedes tener, también serás un marido maravilloso.

–Estás equivocada –dijo él.

–¿Quieres saber lo que veo cuando te miro? Veo a un hombre que se creía incapaz de ser padre y que, sin embargo, desde el primer momento ha querido proteger a su hijo. Un hombre que cocinaba para mí, que cuidaba de mí, que se preocupaba por mí aunque apenas me conocía. Veo a un hombre que ha convertido una vieja mansión en un hogar, aunque el propietario fuese un hombre cruel al que odiaba. Un hombre que siempre piensa en mi placer antes que en el suyo y uno que me hace reír incluso cuando me está volviendo loca. Pero, sobre todo, veo a un hombre que me necesita tanto como yo a él.

Louisa deslizó una mano por su espalda, apoyando la cara en su torso. Lo amaba, no podía negarlo, y cuando lo miró a los ojos y vio en ellos un brillo de inseguridad, lo amó aún más.

–Tendrás que dar un salto de fe. Ya sé que tú no

155

estás acostumbrado a eso, pero no puedes esconderte durante el resto de tu vida. Has necesitado un hogar durante mucho tiempo y nuestro hijo también necesita uno. Podemos hacerlo juntos en Havensmere, en Londres, donde quieras. Y será mucho mejor, más fuerte de lo que pudiéramos hacer por separado.

–¿Seguro que quieres arriesgarte? –le preguntó él, asombrado–. Yo ni siquiera sé por dónde empezar.

–Ya has empezado –dijo ella–. Aunque no te hayas dado cuenta.

Luke tomó su cara entre las manos.

–Muy bien, has ganado, pero te lo advierto: ahora que te tengo, no voy a dejarte escapar.

–Lo mismo digo –susurró Louisa, con el corazón lleno de felicidad.

Cuando se apoderó de sus labios, Luke sintió la misma emoción que tanto lo había asustado la primera vez que la besó. Pero en esta ocasión el deseo de apartarse, de protegerse y protegerla, no apareció. Todo lo contrario.

Enterró los dedos en su pelo mientras sus lenguas se enredaban y la oyó suspirar de placer. Y entonces se dejó ir, sin contenerse, sin miedo. Y experimentó una sensación de felicidad que no había experimentado nunca en toda su vida.

Después de tantos años solo, por fin había encontrado su hogar.

UN PLAN IMPERFECTO

BRENDA JACKSON

Stern Westmoreland nunca había cometido un error… hasta
que decidió ayudar a su mejor
amiga, Jovonnie Jones, a hacerse un cambio de imagen… para
otro hombre.

A partir de ese momento, Stern
decidió que la quería para sí mismo. La atracción entre ellos era
innegable y solo había una forma de ponerla a prueba: pasar
una larga y ardiente noche juntos como algo más que amigos.

Una prueba difícil de superar

¡YA EN TU PUNTO DE VENTA!

Estaba encadenada a su enemigo...

Cuando las puertas de la cárcel se cerraron tras ella, Beth Lazenby juró que cerraría la puerta del pasado para siempre, pero el destino le deparaba un encuentro inesperado con ese despiadado abogado que la había mandado a prisión tantos años antes...

Todavía convencido de su culpabilidad, Dante Cannavaro se llevó una gran sorpresa cuando la rabia se convirtió en pasión. No podía dejarla escapar, y mucho menos con su heredero en el vientre.

Beth no podía elegir. La única opción era aceptar la propuesta de Cannavaro. Pero... ¿Podría demostrar su inocencia alguna vez, o seguiría atada a su enemigo para siempre?

El valor de la inocencia

Jacqueline Baird

EMILY McKAY

SU ÚNICO DESEO

Tras haber dedicado toda su vida a la compañía familiar, Dalton Cain no pensaba dejar que su padre regalase su fortuna al Estado. Tendría el legado que le correspondía y Laney Fortino podía ayudarlo, pero no sería fácil que volviese a confiar en él, porque seguía considerándolo un arrogante insoportable.

SU MAYOR AMBICIÓN

Noche tras noche, los pecaminosos juegos de Griffin Cain convirtieron a la seria y conservadora Sydney Edwards en una mujer voluptuosa, pero todo eso terminó cuando Griffin pasó a ser su jefe.

Ella siguió ayudándolo en la sala de juntas... aunque Griffin en realidad la quería en su cama.

¡YA EN TU PUNTO DE VENTA!